나의 첫 필사노트

새봄출판사

나의 첫 필사노트

날개
이상

메밀꽃 필 무렵
이효석

봄、봄
김유정

이 도서의 국립중앙도서관 출판예정도서목록(CIP)은
서지정보유통지원시스템 홈페이지(http://seoji.nl.go.kr)와
국가자료공동목록시스템(http://www.nl.go.kr/kolisnet)에서 이용하실 수 있습니다.
(CIP제어번호 : CIP2015000434)

"달밤이었으나 어떻게 해서 그렇게 됐는지 지금 생각해두 도무지 알 수 없어."

서문

글쓰기의 마중물

필사하며 읽는 한국현대문학 시리즈를 펴내며

'마중물'이라는 단어가 있다. 이 어휘는 그것을 지칭하는 대상과 함께 요즘에는 잘 사용되지 않는다. 수도가 생기기 전에는 집집마다 지하로부터 물을 길어 올리는 펌프가 있었다고 한다. 펌프에 압력을 발생시키기 위해서는 먼저 물을 한 바가지 펌프 안으로 쏟아 부어야 했다는데, 그것의 이름이 바로 '마중물'이다. 물을 길어 올리기 위해서는 반드시 물을 부어야만 하는 아이러니. 삶의 중요한 도약 지점에 서있지만, 방법적으로 어떻게 도약할지 모른 채, 가로막힌 벽 앞에서 웅크리고 있는 모든 이들의 가슴을 두드리는 단어. 마중물.

〈나의 첫 필사노트〉는 '필사하며 읽는 한국현대문학 시리즈'의 첫 출발로, 글쓰기 서적이 가진 모든 태생적 한계를 극복한다. 이 책은 기자 지망생, 작가 지망생, 청소년, 일반 독자들의 '글쓰기 수업'을 위한 마중물이 될 것이다. 지금까지의 글쓰기 서적은 이론적인 방법론만을 제시할 뿐, 그것을 받아들이고 자기 것으로 만드는 것은 철저히 독자의 몫에 맡겼다. 조금 과격하게 말하자면, 그래서 마음의 준비를 하지 않은 독자들에게 그러한 것들은 그저 빈껍데기와 같은 것일 뿐이었다. 그러나 〈나의 첫 필사노트〉는 이론을 설명하는 대신, '체험'의 공간을 제공한다. 다시 말해서, 〈나의 첫 필사노트〉는 모든 글쓰기 과정의 '마중물'로 기능할 것이다.

글쓰기의 마중물

'마중물'이라는 단어가 있다. 이 어휘는 그것을 지칭하는 대상과 함께 요즘에는 잘 사용되지 않는다. 수도가 생기기 전에는 집집마다 지하로부터 물을 길어올리는 펌프가 있었다고 한다. 펌프에 압력을 발생시키기 위해서는 먼저 물을 한바가지 펌프 안으로 쏟아부어야 했다는데, 그것의 이름이 바로 '마중물'이다. 물을 길어올리기 위해서는 반드시 물을 부어야만 하는 아이러니. 삶의 중요한 도약지점에 서있지만, 방법적으로 어떻게 도약할지 모른채, 가로막힌 벽 앞에서 웅크리고 있는 모든 이들의 가슴을 두드리는 단어. 마중물.

「나의 첫 필사노트」는 '필사하며 읽는 한국현대문학시리즈'의 첫 출발로, 글쓰기 서적이 가진 모든 태생적 한계를 극복한다. 이 책은 기자지망생, 작가지망생, 청소년, 일반독자들의 '글쓰기 수업'을 위한 마중물이 될 것이다. 지금까지의 글쓰기 서적은 이론적인 방법론만을 제시할뿐, 그것을 받아들이고 자기것으로 만드는 것은 철저히 독자의 몫에 맡겼다. 조금 과격하게 말하자면, 그래서 마음의 준비를 하지 않는 독자들에게 그것은 그저 빈 껍데기와 같은 것일 뿐이었다. 그러나 「나의 첫 필사노트」는 이론을 설명하는 대신, '체험'의 공간을 제공한다. 다시 말해서, 「나의 첫 필사노트」는 모든 글쓰기 과정의 '마중물'로 기능할 것이다.

필사筆寫란, 책을 베껴 쓴다는 뜻이다. 글쓰기 수업에서 필사의 중요함을 강조하는 이유는, 눈으로 읽는 것과 필사하며 읽는 것에 엄청난 차이가 존재하기 때문이다. 손으로 베껴 쓰는 문장은 놀랍게도 온전히 '나의 것'이 될 수 있다. 눈은 시각이미지를 만들 뿐이지만, 손으로 쓰며 한 번 더 읽게 되면 시각 이미지와 더불어 그 문장을 감각적으로 몸에 저장할 수 있게 되는 것이다.

물론, 〈나의 첫 필사노트〉는 단순히 필사만을 위한 글쓰기 책이 아니다. 필사에 적합한 아름다운 한국문학 작품을 소개하는 선집으로서, '필사하며 읽는 한국현대문학 시리즈'는 계속 독자들 곁으로 다가설 것이다.

기자 지망생이나 작가 지망생이 필사를 위해 가장 많이 선택하는 작품으로는, 이 책에 수록한 이효석의 〈메밀꽃 필 무렵〉과 이상의 〈날개〉를 비롯하여 김승옥의 〈무진기행〉, 조세희의 〈난장이가 쏘아올린 작은 공〉, 이성복의 〈뒹구는 돌은 언제 잠 깨는가〉 등이라고 한다. 〈나의 첫 필사노트〉를 시작으로 '필사하며 읽는 한국현대문학 시리즈'는 한국문학의 고전부터 가장 최신의 작품들까지 고루 독자들에게 소개할 예정이다. 이 모든 과정을 독자들과 함께 하며, 글쓰기를 위한 새로운 장르의 서적으로 자리매김하는 것을 꿈꾸어 본다.

2015년 1월 1일

여전히 당신을 생각하는 시간 속에서

새봄출판사 대표 김새봄

(筆寫)

필사란, 책을 베껴쓴다는 뜻이다. 글쓰기 수업에서 필사의 중요함을 강조하는 이유는, 눈으로 읽는 것과 필사하며 읽는 것에 엄청난 차이가 존재하기 때문이다. 손으로 베껴쓰는 문장은 놀랍게도 온전히 '나의 것'이 될 수 있다.☆ 눈은 시각이미지를 만들 뿐이지만 손으로 쓰며 한 번 더 읽게되면 시각이미지와 더불어 그 문장을 감각적으로 몸에 저장할 수 있게 되는 것이다.

물론, 「나의 첫 필사노트」는 단순히 필사만을 위한 글쓰기 책은 아니다. 필사에 적합한 아름다운 한국문학작품을 소개하는 선집으로서, '필사하며 읽는 한국현대문학시리즈'는 계속 독자들의 곁으로 다가설 것이다.

기자지망생이나 작가지망생이 필사를 위해 가장 많이 선택하는 작품으로는, 이 책에 수록한 (이효석) 「메밀꽃필무렵」과 이상의 「날개」를 비롯하여 김승옥의 「무진기행」, 조세희의 「난쏘공」, 이성복의 「뒹구는 돌은 언제 잠깨는가」→ 시집!! 등이라고 한다. 「나의 첫 필사노트」를 시작으로 '필사하며 읽는 한국현대문학시리즈'는 한국문학의 고전부터 가장 최신의 작품들까지 고루 독자들에게 소개할 예정이다. 이 모든 과정은 독자들과 함께하며, 글쓰기를 위한 새로운 장르의 서적으로 자리매김하는 것은 꿈꾸어 본다!

여전히 2015년 1월 1일

당신을 생각하는 ~~고단한~~ 시간속에서

새봄출판사 대표 김새봄

차례

008. 서문 : 글쓰기의 마중물

- 메밀꽃 필 무렵 -

016. 메밀꽃 필 무렵 필사노트
046. 메밀꽃 필 무렵 필사를 위한 몇 가지 도움말
048. 메밀꽃 필 무렵 원문

- 날개 -

060. 날개 필사노트
138. 날개 필사를 위한 몇 가지 도움말
140. 날개 원문

- 봄 봄 -

168. 봄봄 필사노트
206. 봄봄 필사를 위한 몇 가지 도움말
208. 봄봄 원문

224. 노트

244. 독자가 직접 쓰는 책의 후기

- 일러두기 -

1. 이 책에 실린 작품들은 모두, 총 두 번씩 반복된다. 한 번은 필사를 위한 텍스트이며, 두 번째는 원문 그대로의 텍스트다.

2. 필사를 위한 텍스트는 문장과 단어를 최대한 현대식 표현으로 수정하였고, 옮겨 적기에 불편한 부분은 문장의 구조를 재배열하거나 첨삭하는 등 과감한 수정을 하였다.

3. 필사를 위한 텍스트에는 독자들이 쉽게 이해할 수 있도록 주석을 통하여 어려운 단어풀이를 하였다.

4. 원문 그대로의 텍스트는 최대한 원문을 살렸다.

메밀꽃 필 무렵

메밀꽃 필 무렵

1

여름 장이란 애당초에 글러서, 해는 아직 중천에 있건만 장판은 벌써 쓸쓸하고, 더운 햇발은 벌여놓은 전 휘장 밑으로 등줄기를 훅훅 볶는다. 마을 사람들은 거의 돌아간 뒤요, 팔리지 못한 나무꾼패가 길거리에 머뭇거리고들 있으나, 석유 병이나 받고 고기 몇 마리나 사면 족할 이 축들을 바라고 언제까지든지 버티고 있을 법은 없다. 염치없게 날아드는 파리 떼도, 장난꾼 각다귀들도 귀찮다. 얽음뱅이요 왼손잡이인 드팀전의 허생원은 기어이 동업의 조선달을 나꾸어보았다.

"그만 거둘까?"

"잘 생각했네. 봉평장에서 한 번이나 흐뭇하게 사본 일이 있었을까? 내일 대화장에서나 한몫 벌어야겠네."

"오늘 밤은 밤을 새서 걸어야 될 걸."

"달이 뜨렷다,"

1

각다귀 : 모깃과의 곤충. 잔치집이나 상갓집에 몰려드는 사나운 거지 떼를 비유하는 말

얽음뱅이 : 얼굴이 얼금얼금 얽어있는 사람을 얕잡아 이르는 말

드팀전 : 예전에, 무명이나 비단 따위의 피륙을 파는 가게를 이르던 말

나꾸다 : '낚다'의 방언

2

절렁절렁 소리를 내며 조선달이 그날 돈을 따지는 것을 보고 허생원은 말뚝에서 넓은 휘장을 걷고 벌여놓았던 물건을 거두기 시작하였다. 무명필과 주단 바리가 두 고리짝에 꼭 찼다. 멍석 위에는 천 조각이 어수선하게 남았다.

다른 축들도 벌써 거의 전들을 걷고 있었다. 약빠르게 떠나는 패도 있었다. 어물장수도, 땜장이도, 엿장수도, 생강장수도, 꼴들이 보이지 않았다. 내일은 진부와 대화에 장이 선다. 축들은 그 어느 쪽으로든지 밤을 새며 육칠 십리 밤길을 타박거리지 않으면 안 된다.

장판은 잔치 뒷마당같이 어수선하게 벌어지고, 술집에서는 싸움이 터져 있었다. 주정꾼 욕지거리에 섞여 계집의 앙칼진 목소리가 찢어졌다. 장날 저녁은 정해놓고 계집의 고함 소리로 시작되는 것이다.

"생원, 시침을 떼두 다 아네. ……충줏집 말야."

계집 목소리로 문득 생각난 듯이 조선달은 비죽이 웃는다.

"화중지병이지. 연소패들을 적수로 하구야 대거리가 돼야 말이지."

"그렇지두 않을걸. 축들이 사족을 못 쓰는 것두 사실은 사실이나, 아무리 그렇다군 해두 왜 그 동이 말일세. 감쪽같이 충줏집을 후린 눈치거든."

"무어, 그 애숭이가? 물건 가지구 낚았나부지. 착실한 녀석인 줄 알았더니."

"그 길만은 알 수 있나. ……궁리 말구 가보세나 그려. 내 한 턱 씀세."

2

주단바리 : '주단'은 명주, 비단 따위를 통틀어 이르는 말. '바리'는 말의 등에 잔뜩 실은 짐을 이르는 말.

약빠르다 : 약아서 행동이나 눈치 따위가 빠르다. 민첩하다.

화중지병 : 그림의 떡

연소패 : 나이 어린 무리

3

그다지 마음이 당기지 않는 것을 쫓아갔다. 허생원은 계집과는 연분이 멀었다. 얽음뱅이 상판을 쳐들고 들이댈 숫기도 없었으나, 계집 편에서 정을 보낸 적도 없었고, 쓸쓸하고 뒤틀린 반생이었다. 충줏집을 생각만 하여도 철없이 얼굴이 붉어지고 발밑이 떨리고 그 자리에 소스라쳐버린다.

충줏집 문을 들어서 술좌석에서 짜장 동이를 만났을 때에는 어찌된 서슬엔지 발끈 화가 나버렸다. 상 위에 붉은 얼굴을 쳐들고 제법 계집과 농탕치는 것을 보고서야 견딜 수 없었던 것이다. 녀석이 제법 난질꾼인데, 꼴사납다. 머리에 피도 안 마른 녀석이 낮부터 술 처먹고 계집과 농탕이야. 장돌뱅이 망신만 시키고 돌아다니누나. 그 꼴에 우리들과 한몫 보자는 셈이지. 동이 앞을 막아서면서부터 책망이었다. 걱정두 팔자요 하는 듯이 빤히 쳐다보는 상기된 눈망울에 부딪혔을 때, 얼결에 따귀를 하나 갈겨 주지 않고는 배길 수 없었다. 동이도 화를 쓰고 팩하고 일어서기는 하였으나, 허생원은 조금도 주저하는 법 없이 마음먹은 대로 다 지껄였다.

"어디서 주워 먹은 선머슴인지는 모르겠으나 네게도 아비 어미 있겠지? 그 사나운 꼴 보면 맘 좋겠다. 장사란 탐탁하게 해야 되지, 계집이 다 무어야. 나가거라, 냉큼 꼴 치워."

3

짜장 : 말 그대로 틀림없이

난질꾼 : 술과 색에 빠져 방탕하게 놀기를 잘하는 사람

4

그러나 한마디도 대거리하지 않고 하염없이 나가는 꼴을 보려니, 도리어 측은히 여겨졌다. 아직도 서름서름한 사인데 너무 과하지 않았을까 하고 마음이 무거워졌다. 주제도 넘지, 같은 술손님이면서도 아무리 젊다고 자식 낳게 된 것을 붙들고 치고 몰아세울 것은 무어야 원. 충줏집은 입술을 쭝긋하고 술 붓는 솜씨도 거칠었으나, 젊은 애들한테는 그것이 약이 된다고 하고 그 자리는 조선달이 얼버무려 넘겼다.

너 녀석한테 반했지? 애송이를 빨면 죄 된다. 한참 법석을 친 다음이다. 담도 생긴데다가 웬일인지 흠뻑 취해보고 싶은 생각도 있어 허생원은 주는 술잔이면 거의 다 들이켰다. 거나해짐을 따라 계집 생각보다도 동이의 뒷일이 한 결 같이 궁금해졌다. 내 꼴에 계집을 가로채서는 어떡할 작정이었누 하고, 어리석은 꼬락서니를 모질게 책망하는 마음도 한편에 있었다. 그렇기 때문에 얼마나 지난 뒤인지 동이가 헐레벌떡거리며 황급히 부르러 왔을 때에는, 마시던 잔을 그 자리에 던지고 정신없이 허덕이며 충줏집을 뛰어나간 것이었다.

"생원 당나귀가 바를 끊구 야단이에요."

"각다귀들 장난이지 필연코."

짐승도 짐승이려니와 동이의 마음씨가 가슴을 울렸다. 뒤를 따라 장판을 달음질하려니 거슴츠레한 눈이 뜨거워질 것 같다.

"부락스런 녀석들이라 어쩔 수 없었어요."

"나귀를 못살게 구는 녀석들은 그냥 두어서는 안 돼."

4

서름서름하다 : 매우 서름하다 (서름하다 : 남과 가깝지 못하다)

애송이 : 어린 티가 남아있는 사람이나 물건

부락스럽다 : 거친 데가 있다

5

반평생을 같이 지내온 짐승이었다. 같은 주막에서 잠자고 같은 달빛에 젖으면서 장에서 장으로 걸어 다니는 동안에 이십년의 세월이 사람과 짐승을 함께 늙게 하였다. 까스러진 목 뒤 털은 주인의 머리털과도 같이 바스러지고, 개진개진 젖은 눈은 주인의 눈과 같이 눈곱을 흘렸다. 몽당비처럼 짧게 쓸리는 꼬리는 파리를 쫓으려고 기껏 휘저어 보아야 다리까지도 닿지 못했다. 닳아 없어진 굽을 몇 번이나 도려내고 새 철을 신겼는지 모른다. 굽은 벌써 더 자라나기는 틀렸고 닳아버린 철 사이로는 피가 배어 흘렀다. 냄새만 맡고도 주인을 분간하였다. 호소하는 목소리로 야단스럽게 울며 반겨한다.

어린아이를 달래듯이 목덜미를 어루만져주니 나귀는 코를 벌름거리고 입을 투르르거렸다. 콧물이 튀었다. 허생원은 짐승 때문에 속도 무던히는 썩었다. 아이들의 장난이 심한 눈치여서, 땀이 밴 몸뚱어리가 부들부들 떨리고 좀체 흥분이 식지 않는 모양이었다. 굴레가 벗어지고 안장도 떨어졌다. 요 몹쓸 자식들, 하고 허생원은 호령을 하였으나, 패들은 벌써 줄행랑을 논 뒤요 몇 남지 않은 아이들이 호령에 놀라 비슬비슬 멀어졌다.

5

가스러지다 : (짧은 털이) 빳빳하고 거칠게 일어서다

개진개진 : 눈에 물기가 끈끈하게 서리어 있는 모양을 나타내는 말

6

"우리들 장난이 아니우. 암놈을 보고 저 혼자 발광이지."

코흘리개 한 녀석이 멀리서 소리를 쳤다.

"고녀석 말투가……"

"김첨지 당나귀가 가버리니까, 온통 흙을 차고 거품을 흘리면서 미친 소같이 날뛰는걸. 꼴이 우스워 우리는 보고만 있었다우. 배를 좀 보지."

아이는 앵돌아진 투로 소리를 치며 깔깔 웃었다. 허생원은 모르는 결에 낯이 뜨거워졌다. 뭇 시선을 막으려고 그는 짐승의 배 앞을 가리고 서지 않으면 안 되었다.

"늙은 주제에 암컷을 두고 샘을 내는 거지. 저놈의 짐승이."

아이의 웃음소리에 허생원은 주춤하면서 기어이 견딜 수 없어 채찍을 들더니 아이를 쫓았다.

"쫓으려거든 쫓아보지. 왼손잡이가 사람을 때려."

줄달음에 달아나는 각다귀에는 당하는 재주가 없었다. 왼손잡이는 아이 하나도 후릴 수 없다. 그만 채찍을 던졌다. 취기도 돌아 몸이 유난스럽게 화끈거렸다.

"그만 떠나세. 녀석들과 어울리다가는 한이 없어. 장판의 각다귀들이란 어른보다도 더 무서운 것들인걸."

조선달과 동이는 각각 제 나귀에 안장을 얹고 짐을 싣기 시작하였다. 해가 꽤 많이 기울어진 모양이었다.

6

앵돌아지다 : 성이 나서 토라지다.

7

드팀전 장돌이를 시작한지 이십년이나 되어도 허생원은 봉평장을 빼놓은 적은 드물었다. 충주 제천 등의 이웃 군에도 가고, 멀리 영남 지방도 헤매기는 하였으나 강릉쯤에 물건 하러가는 외에는 처음부터 끝까지 군내를 돌아다녔다. 닷새만큼씩의 장날에는 달보다도 확실하게 면에서 면으로 건너간다. 고향이 청주라고 자랑삼아 말하였으나 고향을 돌보러 가는 일도 있는 것 같지는 않았다. 장에서 장으로 가는 길의 아름다운 강산이 그대로 그에게는 그리운 고향이었다. 반날동안이나 뚜벅뚜벅 걷고 장터 있는 마을에 거의 가까워져 왔을 때, 거친 나귀가 한바탕 우렁차게 울면, 더구나 그것이 저녁녘이어서 등불들이 어둠 속에 깜박거릴 무렵이면 늘 당하는 것이건만 허생원은 변치 않고 언제든지 가슴이 뛰놀았다.

7

8

젊은 시절에는 알뜰하게 벌어 돈푼이나 모아본 적도 있기는 있었으나, 읍내에 백중이 열린 해. 호탕하게 놀고 투전을 하여 사흘 동안에 다 털어버렸다. 나귀까지 팔게 된 판이었으나 애끓는 정분에 그것만은 이를 물고 단념하였다. 결국 도로아미타불로 장돌이를 다시 시작할 수밖에 없었다. 짐승을 데리고 읍내를 도망쳐 나왔을 때에는 너를 팔지 않기 다행이었다고 길가에서 울면서 짐승의 등을 어루만졌던 것이었다. 빚을 지기 시작하니 재산을 모을 염은 당초에 틀리고 간신히 입에 풀칠을 하러 장에서 장으로 돌아다니게 되었다.

호탕하게 놀았다고는 하여도 계집 하나 후려보지는 못하였다. 계집이란 쌀쌀하고 매정한 것이었다. 평생 인연이 없는 것이라고 신세가 서글퍼졌다. 일신에 가까운 것이라고는 언제나 변함없는 한 필의 당나귀였다.

백중 : 음력 칠월 보름 불교에서 하는 행사

도로아미타불 : 애쓴 일이 소용없게 되어, 처음의 상태로 되돌아간 것과 같음을 이르는 말.

8

9

그렇다고는 하여도 꼭 한 번의 첫 일을 잊을 수는 없었다. 뒤에도 처음에도 없는 단 한 번의 괴이한 인연! 봉평에 다니기 시작한 젊은 시절의 일이었으나 그것을 생각할 적만은 그도 산 보람을 느꼈다.

"달밤이었으나 어떻게 해서 그렇게 됐는지 지금 생각해두 도무지 알 수 없어."

허생원은 오늘밤도 또 그 이야기를 끄집어내려는 것이다. 조선달은 친구가 된 이래 귀에 못이 박히도록 들어 왔다. 그렇다고 싫증을 낼 수도 없었으니 허생원은 시치미를 떼고 되풀이할 대로는 되풀이하고야 말았다.

"달밤에는 그런 이야기가 격에 맞거든."

조선달 편을 바라는 보았으나 물론 미안해서가 아니라 달빛에 감동하여서였다. 이지러졌으나 보름을 갓 지나버린 달은 부드러운 빛을 흐뭇이 흘리고 있다. 대화까지는 팔십 리의 밤길, 고개를 둘이나 넘고 개울을 하나 건너고 벌판과 산길을 걸어야 된다. 길은 지금 긴 산허리에 걸려 있다. 밤중을 지난 무렵인지 죽은 듯이 고요한 속에서 짐승 같은 달의 숨소리가 손에 잡힐 듯이 들리며, 콩 포기와 옥수수 잎새가 한층 달에 푸르게 젖었다. 산허리는 온통 메밀밭이어서 피기 시작한 꽃이 소금을 뿌린 듯이 흐뭇한 달빛에 숨이 막힐 지경이다. 붉은 대궁이 향기같이 애잔하고 나귀들의 걸음도 시원하다. 길이 좁은 까닭에 세 사람은 나귀를 타고 외줄로 늘어섰다. 방울소리가 시원스럽게 딸랑딸랑 메밀밭 사이를 흘러간다. 앞장 선 허생원의 이야기소리는 꽁무니에 선 동이에게는 확적히는 안 들렸으나, 그는 그대로 개운한 제멋에 적적하지는 않았다.

9

잎새 : 잎사귀의 방언

확적히 : 정확히 틀림없이

10

"장이 선 꼭 이런 날 밤이었네. 객줏집 토방이란 무더워서 잠이 들어야지. 밤중은 돼서 혼자 일어나 개울가에 목욕하러 나갔지. 봉평은 지금이나 그제나 마찬가지지, 보이는 곳마다 메밀밭이어서 개울가가 어디나 없이 하얀 꽃이야. 돌밭에 벗어도 좋을 것을, 달이 너무나 밝은 까닭에 옷을 벗으러 물방앗간으로 들어가지 않았나. 이상한 일도 많지. 거기서 난데없는 성서방네 처녀와 마주쳤단 말이네. 봉평서야 제일가는 일색이었지"

"팔자에 있었나부지."

아무렴, 하고 응답하면서 말머리를 아끼는 듯이 한참이나 담배를 빨 뿐이었다. 구수한 자줏빛 연기가 밤기운 속에 흘러서는 녹았다.

"날 기다린 것은 아니었으나 그렇다고 달리 기다리는 놈팽이가 있는 것두 아니었네. 처녀는 울고 있단 말야. 짐작은 대고 있으나 성서방네는 한창 어려워서 들고날 판인 때였지. 집안일이니 딸에겐들 걱정이 없을 리 있겠나? 좋은 데만 있으면 시집도 보내련만 시집은 죽어도 싫다지. ……그러나 처녀란 울 때같이 정을 끄는 때가 있을까! 처음에는 놀라기도 한 눈치였으나 걱정 있을 때는 누그러지기도 쉬운 듯해서 이럭저럭 이야기가 되었네. ……생각하면 무섭고도 기막힌 밤이었어."

"제천인지로 줄행랑을 놓은 건 그 다음 날이렷지."

10

놈팡이 : 사내를 얕잡아 이르는 말.

11

"다음 장도막에는 벌써 온 집안이 사라진 뒤였네. 장판은 소문에 발끈 뒤집혀 오죽해야 술집에 팔려가기가 상수라고 처녀의 뒷공론이 자자들 하단 말이야. 제천 장판을 몇 번이나 뒤졌겠나. 허나 처녀의 꼴은 꿩귀먹은 자리야. 첫날밤이 마지막 밤이었지. 그 때부터 봉평이 마음에 든 것이 반평생을 두고 다니게 되었네. 반평생인들 잊을 수 있겠나."

"수 좋았지. 그렇게 신통한 일이란 쉽지 않어. 항용 못난 것 얻어 새끼 낳고 걱정 늘고, 생각만 해두 진저리가 나지……. 그러나 늘그막까지 장돌뱅이로 지내기도 힘 드는 노릇 아닌가. 난 가을까지만 하구 이 생계와두 하직하려네. 대화쯤에 조그만 전방이나 하나 벌이구 식구들을 부르겠어. 사시장철 뚜벅뚜벅 걷기란 여간이래야지."

"옛 처녀나 만나면 같이나 살까……. 난 거꾸러질 때까지 이 길 걷고 저 달 볼 테야."

산길을 벗어나니 큰 길로 틔어졌다. 꽁무니의 동이도 앞으로 나서 나귀들은 가로 늘어섰다.

"총각두 젊겠다, 지금이 한창시절이렷다. 충줏집에서는 그만 실수를 해서 그 꼴이 되었으나 설게 생각 말게."

"처, 천만에요. 오히려 부끄러워요. 계집이란 지금 웬 제격인가요. 자나 깨나 어머니 생각뿐인데요."

11

사시장철 : 사철 가운데 어느 때나 늘

12

허생원의 이야기로 실심해 한 끝이라 동이의 어조는 한풀 수그러진 것이었다.

"아비 어미란 말에 가슴이 터지는 것도 같았으나 제겐 아버지가 없어요. 피붙이라고는 어머니 하나뿐인걸요."

"돌아가셨나?"

"당초부터 없어요."

"그런 법이 세상에……"

생원과 선달이 야단스럽게 껄껄들 웃으니 동이는 정색하고 우길 수밖에는 없었다.

"부끄러워서 말하지 않으려 했으나 정말예요. 제천 촌에서 달도 차지 않은 아이를 낳고 어머니는 집을 쫓겨났죠. 우스운 이야기나, 그렇기 때문에 지금까지 아버지 얼굴도 본 적 없고 있는 고장도 모르고 지내 와요."

고개가 앞에 놓인 까닭에 세 사람은 나귀에서 내렸다. 둔덕은 험하고 입을 벌리기도 대근하여 이야기는 한동안 끊겼다. 나귀는 건듯하면 미끄러졌다. 허생원은 숨이 차 몇 번이고 다리를 쉬지 않으면 안 되었다. 고개를 넘을 때마다 나이가 알렸다. 동이 같은 젊은 축이 끝없이 부러웠다. 땀이 등을 한바탕 쭉 씻어 내렸다.

12

13

고개 너머는 바로 개울이었다. 장마에 흘러가버린 널다리가 아직도 걸리지 않은 채로 있는 까닭에 벗고 건너야 되었다. 고의를 벗어 띠로 등에 얽어매고 반 벌거숭이의 우스꽝스런 꼴로 물속에 뛰어들었다. 금방 땀을 흘린 뒤였으나 밤중의 물은 뼈를 찔렀다.

"그래 대체 기르긴 누가 기르구?"

"어머니는 하는 수 없이 의부를 얻어가서 술장사를 시작했죠. 술이 고주래서 의부라고 하지만, 망나니예요. 철들어서부터 매를 맞기 시작한 것이 하룬들 편한 날 있었을까? 어머니는 말리다가 채이고 맞고 칼부림을 당하고 하니 집 꼴이 무어겠소. 열여덟 살 때 집을 뛰쳐나와서부터 이 짓이죠."

"무던하다고 생각했더니 듣고 보니 딱한 신세로군."

물은 깊어 허리까지 찼다. 속 물살도 어지간히 센데다가 발에 체이는 돌멩이도 미끄러워 금시에 훌칠 듯하였다. 나귀와 조선달은 재빨리 거의 건넜으나 동이는 허생원을 붙드느라고 두 사람은 훨씬 떨어졌다.

"모친의 친정은 원래부터 제천이었던가?"

"웬걸요. 시원스레 말은 안 해주나 봉평이라는 것만은 들었죠."

"봉평? 그래 그 아비 성은 무엇이구?"

"알 수 있나요. 도무지 듣지를 못했으니까."

13

고의 : 남자의 여름 한복 홑바지

홀치다 : 한쪽으로 휘거나 쏠리다

14

"그, 그렇겠지." 하고 중얼거리며 흐려지는 눈을 까물까물하다가 허생원은 경망하게도 발을 빗디뎠다. 앞으로 꼬꾸라지기가 바쁘게 몸 째 풍덩 빠져버렸다. 허우적거릴수록 몸을 건잡을 수 없어 동이가 소리를 치며 가까이 왔을 때에는 벌써 퍽이나 흘렀었다. 옷 째 쫄딱 젖으니 물에 젖은 개보다도 참혹한 꼴이었다. 동이는 물속에서 어른을 해깝게 업을 수 있었다. 젖었다고는 하여도 여윈 몸이라 장정 등에는 오히려 가벼웠다.

"이렇게까지 해서 안됐네. 내 오늘은 정신이 빠진 모양이야."

"염려하실 것 없어요."

"그래 모친은 아비를 찾지는 않는 눈치지?"

"늘 한 번 만나고 싶다고는 하는데요."

"지금 어디 계신가?"

"의부와도 갈라져서 제천에 있죠. 가을에는 봉평에 모셔오려고 생각 중인데요. 이를 물고 벌면 이럭저럭 살아갈 수 있겠죠."

"아무렴, 기특한 생각이야. 가을이랬다?"

동이의 탐탁한 등어리가 뼈에 사무쳐 따뜻하다. 물을 다 건넜을 때에는 도리어 서글픈 생각에 좀 더 업혔으면 하였다.

14

해깝다 : 가볍다의 방언

등어리 : '등'의 방언

15

"진종일 실수만 하니 웬일이요? 생원."

조선달은 바라보며 기어코 웃음이 터졌다.

"나귀야, 나귀 생각하다 실족을 했어. 말 안했던가? 저 꼴에 제법 새끼를 얻었단 말이지. 읍내 강릉집 피마에게 말일세. 귀를 쫑긋 세우고 달랑달랑 뛰는 것이 나귀 새끼같이 귀여운 것이 있을까? 그것 보러 나는 일부러 읍내를 도는 때가 있다네."

"사람을 물에 빠치울 젠 딴은 대단한 나귀새끼군!"

허생원은 젖은 옷을 웬만큼 짜서 입었다. 이가 덜덜 갈리고 가슴이 떨리며 몹시도 추웠으나 마음은 알 수 없이 둥실둥실 가벼웠다.

"주막까지 부지런히들 가세나. 뜰에 불을 피우고 훗훗이 쉬어. 나귀에겐 더운 물을 끓여주고, 내일 대화장 보고는 제천이다."

"생원도 제천으로……?"

"오래간만에 가보고 싶어. 동행하려나, 동이?"

나귀가 걷기 시작하였을 때 동이의 채찍은 왼손에 있었다. 오랫동안 아둑신이같이 눈이 어둡던 허생원도 요번만은 동이의 왼손잡이가 눈에 띄지 않을 수 없었다.

걸음도 해깝고 방울소리가 밤 벌판에 한층 청청하게 울렸다.

달이 어지간히 기울어졌다.

15

빠치다 : 빠뜨리다

아둑신이 : 어둠의 귀신

〈메밀꽃 필 무렵〉 필사를 위한 몇 가지 도움말

하나,

〈메밀꽃 필 무렵〉은 치밀한 구성, 독특한 문체, 향토적 분위기, 산길-달빛-메밀꽃-개울로 연결되는 허생원의 회상이 신비로운 분위기를 자아내는, 서정성 짙은 단편소설로, 기자지망생과 작가지망생이 가장 많이 필사하는 작품이다.

둘,

이효석은 1907년 강원도 평창에서 출생하여, 1942년 36세의 나이로 요절했다. 1928년 〈조선지광〉에 단편소설 〈도시와 유령〉을 발표한 것을 시작으로 하여 1940년대 이전까지 수많은 작품을 발표한, 1930년대 대표작가 중 한 사람이다.

셋,

〈메밀꽃 필 무렵〉은 1936년 〈조광〉에 발표한 작품으로, 1941년 간행된 〈이효석 단편선〉(박문문고)에 수록된 것을 출처로 삼았다.

넷,

이효석은 동반자작가 중 한 사람이었다. 동반자작가란, 1920년대 한국문학의 주요 흐름이었던 카프(FAPF. 조선프롤레타리아예술가동맹)의 회원은 아니었으나 사상적으로 일치하는 작품을 쓴 작가를 일컫는 말이었다.

다섯,

〈메밀꽃 필 무렵〉을 필사하면서, 향토적인 어휘와 분위기, 간결하면서도 또렷한 회상형식, 자연스럽게 이어지는 장면전환 등이 오래도록 손끝에 남는다.

여섯,

"동이의 탐탁한 등어리가 뼈에 사무쳐 따뜻하다. 물을 다 건넜을 때에는 도리어 서글픈 생각에 좀 더 업혔으면 하였다."

일곱,

"달밤이었으나 어떻게 해서 그렇게 됐는지 지금 생각해두 도무지 알 수 없어."

메밀꽃 필 무렵(원문)

여름 장이란 애당초에 글러서, 해는 아직 중천에 있건만 장판은 벌써 쓸쓸하고 더운 햇발이 벌여놓은 전 휘장 밑으로 등줄기를 훅훅 볶는다. 마을 사람들은 거의 돌아간 뒤요, 팔리지 못한 나무꾼패가 길거리에 궁깃거리고들 있으나, 석유병이나 받고 고깃마리나 사면 족할 이 축들을 바라고 언제까지든지 버티고 있을 법은 없다. 칩칩스럽게 날아드는 파리 떼도 장난꾼 각다귀들도 귀찮다. 얽음뱅이요 왼손잡이인 드팀전의 허생원은 기어이 동업의 조선달을 나꾸어보았다.

"그만 거둘까?"

"잘 생각했네. 봉평장에서 한 번이나 흐뭇하게 사본 일이 있었을까? 내일 대화장에서나 한몫 벌어야겠네. "

"오늘 밤은 밤을 새서 걸어야 될걸."

"달이 뜨렷다."

절렁절렁 소리를 내며 조선달이 그날 산 돈을 따지는 것을 보고 허생원은 말뚝에서 넓은 휘장을 걷고 벌여놓았던 물건을 거두기 시작하였다. 무명 필과 주단 바리가 두 고리짝에 꼭 찼다. 멍석 위에는 천조각이 어수선하게 남았다.

다른 축들도 벌써 거의 전들을 걷고 있었다. 약바르게 떠나는 패도 있었다. 어물장수도, 땜장이도, 엿장수도, 생강장수도, 꼴들이 보이지 않았다. 내일은 진부와 대화에 장이 선다. 축들은 그 어느 쪽으로든지 밤을 새며 육칠 십리 밤길을 타박거리지 않으면 안 된다. 장판은 잔치 뒷마당같이 어수선하게 벌어지고, 술

집에서는 싸움이 터져 있었다. 주정꾼 욕지거리에 섞여 계집의 앙칼진 목소리가 찢어졌다. 장날 저녁은 정해놓고 계집의 고함 소리로 시작되는 것이다.

"생원, 시침을 떼두 다 아네.…… 충줏집 말야."

계집 목소리로 문득 생각난 듯이 조선달은 비죽이 웃는다.

"화중지병이지. 연소패들을 적수로 하구야 대거리가 돼야 말이지."

"그렇지두 않을걸. 축들이 사족을 못 쓰는 것두 사실은 사실이나, 아무리 그렇다군 해두 왜 그 동이 말일세. 감쪽같이 충줏집을 후린 눈치거든."

"무어, 그 애숭이가? 물건 가지구 낚았나부지. 착실한 녀석인 줄 알았더니."

"그 길만은 알 수 있나. ……궁리 말구 가보세나 그려. 내 한 턱 씀세."

그다지 마음이 당기지 않는 것을 쫓아갔다. 허생원은 계집과는 연분이 멀었다. 얽음뱅이 상판을 쳐들고 대어설 숫기도 없었으나, 계집 편에서 정을 보낸 적도 없었고, 쓸쓸하고 뒤틀린 반생이었다. 충줏집을 생각만 하여도 철없이 얼굴이 붉어지고 발 밑이 떨리고 그 자리에 소스라쳐버린다. 충줏집 문을 들어서 술좌석에서 짜장 동이를 만났을 때에는 어찌된 서슬엔지 발끈 화가 나버렸다. 상위에 붉은 얼굴을 쳐들고 제법 계집과 농탕치는 것을 보고서야 견딜 수 없었던 것이다. 녀석이 제법 난질꾼인데, 꼴사납다. 머리에 피도 안 마른 녀석이 낮부터 술 처먹고 계집과 농탕이야. 장돌뱅이 망신만 시키고 돌아다니누나. 그 꼴에 우리들과 한몫 보자는 셈이지. 동이 앞에 막아서면서부터 책망이었다. 걱정두 팔자요 하는 듯이 빤히 쳐다보는 상기된 눈망울에 부딪힐 때, 얼결김에 따귀를 하나 갈겨 주지 않고는 배길 수 없었다. 동이도 화를 쓰고 팩하고 일어서기는 하였으나, 허생원은 조금도 동색하는 법 없이 마음먹은대로는 다 지껄였다.

"어디서 주워 먹은 선머슴인지는 모르겠으나 네게도 아비 어미 있겠지? 그 사나운 꼴 보면 맘 좋겠다. 장사란 탐탁하게 해야 되지, 계집이 다 무어야. 나가거라, 냉큼 꼴 치워."

그러나 한마디도 대거리하지 않고 하염없이 나가는 꼴을 보려니, 도리어 측은히 여겨졌다. 아직도 서름서름한 사인데 너무 과하지 않았을까 하고 마음이 무거워졌다. 주제도 넘지, 같은 술손님이면서도 아무리 젊다고 자식 낳게 된 것을 붙들고 치고 닦아셀 것은 무어야 원. 충줏집은 입술을 쫑긋하고 술 붓는 솜씨도 거칠었으나, 젊은 애들한테는 그것이 약이 된다고 하고 그 자리는 조선달이 얼버무려 넘겼다.

너 녀석한테 반했지? 애숭이를 빨면 죄된다. 한참 법석을 친 후이다. 담도 생긴데다가 웬일인지 흠뻑 취해보고 싶은 생각도 있어서 허생원은 주는 술잔이면 거의 다 들이켰다. 거나해짐을 따라 계집 생각보다도 동이의 뒷일이 한 결 같이 궁금해졌다. 내 꼴에 계집을 가로채서는 어떡할 작정이었누 하고, 어리석은 꼬락서니를 모질게 책망하는 마음도 한편에 있었다. 그렇기 때문에 얼마나 지난 뒤인지 동이가 헐레벌떡거리며 황급히 부르러 왔을 때에는, 마시던 잔을 그 자리에 던지고 정신없이 허덕이며 충줏집을 뛰어나간 것이었다.

"생원 당나귀가 바를 끊구 야단이에요."

"각다귀들 장난이지 필연코."

짐승도 짐승이려니와 동이의 마음씨가 가슴을 울렸다. 뒤를 따라 장판을 달음질하려니 거슴츠레한 눈이 뜨거워질 것 같다.

"부락스런 녀석들이라 어쩌는 수 있어야죠.."

"나귀를 몹시 구는 녀석들은 그냥 두지는 않을걸."

반평생을 같이 지내온 짐승이었다. 같은 주막에서 잠자고 같은 달빛에 젖으면서 장에서 장으로 걸어다니는 동안에 이십년의 세월이 사람과 짐승을 함께 늙게 하였다. 까스러진 목뒤 털은 주인의 머리털과도 같이 바스러지고, 개진개진 젖은 눈은 주인의 눈과 같이 눈꼽을 흘렸다. 몽당비처럼 짧게 슬리운 꼬리는 파리를 쫓으려고 기껏 휘저어 보아야 벌써 다리까지는 닿지 않았다. 닳아 없어진 굽을 몇 번이나 도려내고 새 철을 신겼는지 모른다. 굽은 벌써 더 자라나기는 틀렸고 닳아버린 철 사이로는 피가 빼짓이 흘렀다. 냄새만 맡고도 주인을 분간하였다. 호소하는 목소리로 야단스럽게 울며 반겨한다.

어린아이를 달래듯이 목덜미를 어루만져 주니 나귀는 코를 벌름거리고 입을 투르르거렸다. 콧물이 튀었다. 허생원은 짐승 때문에 속도 무던히는 썩었다. 아이들의 장난이 심한 눈치여서, 땀밴 몸뚱어리가 부들부들 떨리고 좀체 흥분이 식지 않는 모양이었다. 굴레가 벗어지고 안장도 떨어졌다. 요 몹쓸 자식들, 하고 허생원은 호령을 하였으나, 패들은 벌써 줄행랑을 논 뒤요 몇 남지 않은 아이들이 호령에 놀라 비슬비슬 멀어졌다.

"우리들 장난이 아니우. 암놈을 보고 저 혼자 발광이지."

코흘리개 한 녀석이 멀리서 소리를 쳤다.

"고녀석 말투가……"

"김첨지 당나귀가 가버리니까 온통 흙을 차고 거품을 흘리면서 미친 소같이 날뛰는걸. 꼴이 우스워 우리는 보고만 있었다우. 배를 좀 보지."

아이는 앙돌아진 투로 소리를 치며 깔깔 웃었다. 허생원은 모르는 결에 낯이 뜨거워졌다. 뭇 시선을 막으려고 그는 짐승의 배 앞을 가리고 서지 않으면 안 되었다.

"늙은 주제에 암샘을 내는 셈야. 저놈의 짐승이."

아이의 웃음소리에 허생원은 주춤하면서 기어이 견딜 수 없어 채찍을 들더니 아이를 쫓았다.

"쫓으려거든 쫓아보지. 왼손잡이가 사람을 때려."

줄달음에 달아나는 각다귀에는 당하는 재주가 없었다. 왼손잡이는 아이 하나도 후릴 수 없다. 그만 채찍을 던졌다. 술기도 돌아 몸이 유난스럽게 화끈거렸다.

"그만 떠나세. 녀석들과 어울리다가는 한이 없어. 장판의 각다귀들이란 어른보다도 더 무서운 것들인걸."

조선달과 동이는 각각 제 나귀에 안장을 얹고 짐을 싣기 시작하였다. 해가 꽤 많이 기울어진 모양이었다.

드팀전 장돌이를 시작한 지 이십년이나 되어도 허생원은 봉평장을 빼논 적은 드물었다. 충주 제천 등의 이웃 군에도 가고, 멀리 영남 지방도 헤매기는 하였으나 강릉쯤에 물건 하러 가는 외에는 처음부터 끝까지 군내를 돌아다녔다. 닷새만큼씩의 장날에는 달보다도 확실하게 면에서 면으로 건너간다. 고향이 청주라고 자랑삼아 말하였으나 고향에 돌보러 간 일도 있는 것 같지는 않았다. 장에서 장으로 가는 길의 아름다운 강산이 그대로 그에게는 그리운 고향이었다. 반날 동안이나 뚜벅뚜벅 걷고 장터 있는 마을에 거의 가까워져 왔을 때, 거친 나귀가 한바탕 우렁차게 울면, 더구나 그것이 저녁녘이어서 등불들이 어둠 속에 깜박거릴 무렵이면 늘 당하는 것이건만 허생원은 변치 않고 언제든지 가슴이 뛰놀았다.

젊은 시절에는 알뜰하게 벌어 돈푼이나 모아본 적도 있기는 있었으나, 읍내에 백중이 열린 해 호탕스럽게 놀고 투전을 하고 하여 사흘 동안에 다 털어버렸다. 나귀까지 팔게 된 판이었으나 애끓는 정분에 그것만은 이를 물고 단념하였다. 결국 도로아미타불로 장돌이를 다시 시작할 수밖에 없었다. 짐승을 데리고 읍내를 도망해 나왔을 때에는 너를 팔지 않기 다행이었다고 길가에서 울면서 짐승의 등을 어루만졌던 것이었다. 빚을 지기 시작하니 재산을 모을 염은 당초에 틀리고 간신히 입에 풀칠을 하러 장에서 장으로 돌아다니게 되었다.

호탕스럽게 놀았다고는 하여도 계집 하나 후려보지는 못하였다. 계집이란 쌀쌀하고 매정한 것이었다. 평생 인연이 없는 것이라고 신세가 서글퍼졌다. 일신에 가까운 것이라고는 언제나 변함없는 한 필의 당나귀였다.

그렇다고는 하여도 꼭 한 번의 첫 일을 잊을 수는 없었다. 뒤에도 처음에도 없는 단 한 번의 괴이한 인연! 봉평에 다니기 시작한 젊은 시절의 일이었으나 그것을 생각할 적만은 그도 산 보람을 느꼈다.

"달밤이었으나 어떻게 해서 그렇게 됐는지 지금 생각해두 도무지 알 수 없어."

허생원은 오늘밤도 또 그 이야기를 끄집어내려는 것이다. 조선달은 친구가 된 이래 귀에 못이 박히도록 들어 왔다. 그렇다고 싫증을 낼 수도 없었으나 허생원은 시치미를 떼고 되풀이할 대로는 되풀이하고야 말았다.

"달밤에는 그런 이야기가 격에 맞거든."

조선달 편을 바라는 보았으나 물론 미안해서가 아니라 달빛에 감동하여서였다. 이지러졌으나 보름을 갓 지난 달은 부드러운 빛을 흐뭇이 흘리고 있다. 대화까지는 팔십 리의 밤길, 고개를 둘이나 넘고 개울을 하나 건너고 벌판과 산길을 걸어야 된다. 길은 지금 긴 산허리에 걸려 있다. 밤중을 지난 무렵인지 죽은 듯이 고요한 속에서 짐승 같은 달의 숨소리가 손에 잡힐 듯이 들리며, 콩 포기와 옥수수 잎새가 한층 달에 푸르게 젖었다. 산허리는 온통 메밀밭이어서 피기 시작한 꽃이 소금을 뿌린 듯이 흐뭇한 달빛에 숨이 막힐 지경이다. 붉은 대궁이 향기같이 애잔하고 나귀들의 걸음도 시원하다. 길이 좁은 까닭에 세 사람은 나귀를 타고 외줄로 늘어섰다. 방울소리가 시원스럽게 딸랑딸랑 메밀밭게로 흘러간다. 앞장 선 허생원의 이야기소리는 꽁무니에 선 동이에게는 확적히는 안 들렸으나, 그는 그대로 개운한 제멋에 적적하지는 않았다.

"장선 꼭 이런 날 밤이었네. 객줏집 토방이란 무더워서 잠이 들어야지. 밤중은 돼서 혼자 일어나 개울가에 목욕하러 나갔지. 봉평은 지금이나 그제나 마찬가지지, 보이는 곳마다 메밀밭이어서 개울가가 어디없이 하얀 꽃이야. 돌밭에 벗어도 좋을 것을, 달이 너무나 밝은 까닭에 옷을 벗으러 물방앗간으로 들어가지 않았나. 이상한 일도 많지. 거기서 난데없는 성서방네 처녀와 마주쳤단 말이네. 봉평서야 제일가는 일색이었지"

"팔자에 있었나부지."

아무렴, 하고 응답하면서 말머리를 아끼는 듯이 한참이나 담배를 빨 뿐이었다. 구수한 자줏빛 연기가 밤기운 속에 흘러서는 녹았다.

"날 기다린 것은 아니었으나 그렇다고 달리 기다리는 놈팽이가 있는 것두 아니었네. 처녀는 울고 있단 말야. 짐작은 대고 있으나 성서방네는 한창 어려워서 들고날 판인 때였지. 한집안 일이니 딸에겐들 걱정이 없을 리 있겠나? 좋은 데만 있으면 시집도 보내련만 시집은 죽어도 싫다지. ……그러나 처녀란 울 때같이 정을 끄는 때가 있을까! 처음에는 놀라기도 한 눈치였으나 걱정 있을 때는 누그러지기도 쉬운 듯해서 이럭저럭 이야기가 되었네. ……생각하면 무섭고도 기막힌 밤이었어."

"제천인지로 줄행랑을 놓은 건 그 다음 날이렷지."

"다음 장도막에는 벌써 온 집안이 사라진 뒤였네. 장판은 소문에 발끈 뒤집혀 오죽해야 술집에 팔려가기가 상수라고 처녀의 뒷공론이 자자들 하단 말이야. 제천 장판을 몇 번이나 뒤졌겠나. 허나 처녀의 꼴은 꿩귀먹은 자리야. 첫날밤이 마지막 밤이었지. 그 때부터 봉평이 마음에 든 것이 반평생을 두고 다니게 되었네. 반평생인들 잊을 수 있겠나."

"수 좋았지. 그렇게 신통한 일이란 쉽지 않어. 항용 못난 것 얻어 새끼 낳고 걱정 늘고, 생각만 해 두 진저리가 나지……그러나 늘그막까지 장돌뱅이로 지내기도 힘 드는 노릇 아닌가. 난 가을까지만 하구 이 생계와두 하직하려네. 대화쯤에 조그만 전방이나 하나 벌이구 식구들을 부르겠어. 사시장천 뚜벅뚜벅 걷기란 여간이래야지."

"옛 처녀나 만나면 같이나 살까……난 거꾸러질 때까지 이 길 걷고 저 달 볼 테야."

산길을 벗어나니 큰 길로 틔어졌다. 꽁무니의 동이도 앞으로 나서 나귀들은 가로 늘어섰다.

"총각두 젊겠다, 지금이 한창시절이렷다. 충줏집에서는 그만 실수를 해서 그 꼴이 되었으나 설게 생각 말게."

"처 천만에요. 되려 부끄러워요. 계집이란 지금 웬 제격인가요. 자나 깨나 어머니 생각뿐인데요."

허생원의 이야기로 실심해 한 끝이라 동이의 어조는 한풀 수그러진 것이었다.

"아비 어미란 말에 가슴이 터지는 것도 같았으나 제겐 아버지가 없어요. 피붙이라고는 어머니 하나뿐인걸요."

"돌아가셨나?"

"당초부터 없어요."

"그런 법이 세상에……"

생원과 선달이 야단스럽게 껄껄들 웃으니 동이는 정색하고 우길 수밖에는 없었다.

"부끄러워서 말하지 않으려 했으나 정말예요. 제천 촌에서 달도 차지 않은 아이를 낳고 어머니는 집을 쫓겨났죠. 우스운 이야기나, 그러기 때문에 지금까지 아버지 얼굴도 본 적 없고 있는 고장도 모르고 지내 와요."

고개가 앞에 놓인 까닭에 세 사람은 나귀를 내렸다. 둔덕은 험하고 입을 벌리기도 대근하여 이야기는 한동안 끊겼다. 나귀는 건듯하면 미끄러졌다. 허생원은 숨이 차 몇 번이고 다리를 쉬지 않으면 안 되었다. 고개를 넘을 때마다 나이가 알렸다. 동이 같은 젊은축이 끝이없이 부러웠다. 땀이 등을 한바탕 쭉 씻어 내렸다.

고개 너머는 바로 개울이었다. 장마에 흘겨버린 널다리가 아직도 걸리지 않은 채로 있는 까닭에 벗고 건너야 되었다. 고의를 벗어 띠로 등에 얽어매고 반벌거숭이의 우스꽝스런 꼴로 물 속에 뛰어들었다. 금방 땀을 흘린 뒤였으나 밤 물은 뼈를 찔렀다.

"그래 대체 기르긴 누가 기르구?"

"어머니는 하는 수 없이 의부를 얻어가서 술장사를 시작했죠. 술이 고주래서 의부라고 전 망나니예요. 철들어서부터 매를 맞기 시작한 것이 하룬들 편한 날 있었을까? 어머니는 말리다가 채이고 맞고 칼부림을 당하고 하니 집 꼴이 무어겠소. 열여덟 살 때 집을 뛰쳐나와서 부터 이 짓이죠."

"총각 낫세론 동이 무던하다고 생각했더니 듣고 보니 딱한 신세로군."

물은 깊어 허리까지 찼다. 속 물살도 어지간히 센데다가 발에 채이는 돌멩이도 미끄러워 금시에 휩칠 듯하였다. 나귀와 조선달은 재빨리 거의 건넜으나 동이는 허생원을 붙드느라고 두 사람은 훨씬 떨어졌다.

"모친의 친정은 원래부터 제천이었던가?"

"웬걸요. 시원스레 말은 안 해주나 봉평이라는 것만은 들었죠."

"봉평? 그래 그 아비 성은 무엇이구?"

"알 수 있나요. 도무지 듣지를 못했으니까."

"그, 그렇겠지." 하고 중얼거리며 흐려지는 눈을 까물까물하다가 허생원은 경망하게도 발을 빗디뎠다. 앞으로 꼬꾸라지기가 바쁘게 몸째 풍덩 빠져버렸다. 허우적거릴수록 몸을 건잡을 수 없어 동이가 소리를 치며 가까이 왔을 때에는 벌써 퍽이나 흘렀었다. 옷째 쫄딱 젖으니 물에 젖은 개보다도 참혹한 꼴이었다. 동이는 물속에서 어른을 해깝게 업을 수 있었다. 젖었다고는 하여도 여윈 몸이라 장정 등에는 오히려 가벼웠다.

"이렇게까지 해서 안됐네. 내 오늘은 정신이 빠진 모양이야."

"염려하실 것 없어요."

"그래 모친은 아비를 찾지는 않는 눈치지?"

"늘 한 번 만나고 싶다고는 하는데요."

"지금 어디 계신가?"

"의부와도 갈라져서 제천에 있죠. 가을에는 봉평에 모셔오려고 생각 중인데요. 이를 물고 벌면 이럭저럭 살아갈 수 있겠죠."

"아무렴, 기특한 생각이야. 가을이랬다?"

동이의 탐탁한 등어리가 뼈에 사무쳐 따뜻하다. 물을 다 건넜을 때에는 도리어 서글픈 생각에 좀 더 업혔으면 하였다.

"진종일 실수만 하니 웬일이요? 생원."

조선달은 바라보며 기어코 웃음이 터졌다.

"나귀야, 나귀 생각 하다 실족을 했어. 말 안했던가? 저 꼴에 제법 새끼를 얻었단 말이지. 읍내 강릉집 피마에게 말일세. 귀를 쫑긋 세우고 달랑달랑 뛰는 것이 나귀 새끼같이 귀여운 것이 있을까? 그것 보러 나는 일부러 읍내를 도는 때가 있다네."

"사람을 물에 빠치울 젠 딴은 대단한 나귀새끼군!"

허생원은 젖은 옷을 웬만큼 짜서 입었다. 이가 덜덜 갈리고 가슴이 떨리며 몹시도 추웠으나 마음은 알 수 없이 둥실둥실 가벼웠다.

"주막까지 부지런히들 가세나. 뜰에 불을 피우고 훗훗이 쉬어. 나귀에겐 더운 물을 끓여주고, 내일 대화장 보고는 제천이다."

"생원도 제천으로……?"

"오래간만에 가보고 싶어. 동행하려나, 동이?"

나귀가 걷기 시작하였을 때 동이의 채찍은 왼손에 있었다. 오랫동안 아둑신이같이 눈이 어둡던 허생원도 요번만은 동이의 왼손잡이가 눈에 띄지 않을 수 없었다.

걸음도 해깝고 방울소리가 밤 벌판에 한층 청청하게 울렸다.

달이 어지간히 기울어졌다.

날개

날개

1

'박제(剝製)가 되어버린 천재'를 아시오? 나는 유쾌하오. 이런 때 연애까지가 유쾌하오.

육신이 흐느적흐느적하도록 피로했을 때만 정신이 은화처럼 맑소. 니코틴이 내 횟배 앓는 뱃속으로 스미면 머릿속에 으레 백지가 준비되는 법이오. 그 위에다 나는 위트와 패러독스를 바둑 포석처럼 늘어놓소. 가공할 상식의 병이오.

나는 또 여인과 생활을 설계하오. 연애기법에마저 서먹서먹해진 지성의 극치를 흘깃 좀 들여다본 일이 있는, 말하자면 일종의 정신분일자말이오. 이런 여인의 반-그것은 온갖 것의 반이오.-만을 영수하는 생활을 설계한다는 말이오. 그런 생활 속에 한 발만 들여놓고 흡사 두 개의 태양처럼 마주 쳐다보면서 낄낄거리는 것이오. 나는 아마 어지간히 인생의 제행(諸行)이 싱거워서 견딜 수가 없게끔 되고 그만둔 모양이오. 굿바이.

1

햇배 : 회충으로 말미암은 배앓이. 거위배

패러독스(Paradox) : 역설

제행 : 일체의 행위

2

굿바이. 그대는 이따금 그대가 제일 싫어하는 음식을 탐식하는 아이러니를 실천해 보는 것도 좋을 것 같소. 위트와 패러독스와…….

그대 자신을 위조하는 것도 할 만한 일이오. 그대의 작품은 한 번도 본 일이 없는 기성품에 의하여 차라리 경편(輕便)하고 고매하리다.

19세기는 될 수 있거든 봉쇄하여 버리오. 도스토예프스키 정신이란 자칫하면 낭비일 것 같소. 위고를 불란서의 빵 한 조각이라고는 누가 그랬는지 지당한 말인 듯싶소. 그러나 인생 혹은 그 모형에 있어서 '디테일' 때문에 속는다거나 해서야 되겠소? 화를 보지 마오. 부디 그대께 고하는 것이니……

"테이프가 끊어지면 피가 나오. 생채기도 머지않아 완치될 줄 믿소. 굿바이."

감정은 어떤 '포우즈'-그 '포우즈'의 원소만을 지적하는 것이 아닌지 나도 모르겠소.-그 '포우즈'가 부동자세에까지 고도화할 때 감정은 딱 공급을 정지합네다.

나는 내 비범한 발육을 회고하여 세상을 보는 안목을 규정하였소.

여왕봉과 미망인-세상의 하고많은 여인이 본질적으로 이미 미망인이 아닌 이가 있으리까? 아니, 여인의 전부가 그 일상에 있어서 개개 '미망인'이라는 내 논리가 뜻밖에도 여성에 대한 모험이 되오? 굿바이.

2

경편하고 : 가뜬하여 쓰기에 손쉽고 편하고

3

그 33번지라는 것이 구조가 흡사 유곽이라는 느낌이 없지 않다.

한 번지에 18가구가 죽 어깨를 맞대고 늘어서서 창호가 똑같고 아궁이 모양이 똑같다. 게다가 각 가구에 사는 사람들이 송이송이 꽃과 같이 젊다.

해가 들지 않는다. 해가 드는 것을 그들이 모른 체하는 까닭이다. 턱살밑에다 철 줄을 매고 얼룩진 이부자리를 널어 말린다는 핑계로 미닫이에 해가 드는 것을 막아 버린다. 침침한 방안에서 낮잠들을 잔다. 그들은 밤에는 잠을 자지 않나? 알 수 없다. 나는 밤이나 낮이나 잠만 자느라고 그런 것을 알 길이 없다. 33번지 18가구의 낮은 참 조용하다.

조용한 것은 낮뿐이다. 어둑어둑하면 그들은 이부자리를 걷어 들인다. 전등불이 켜진 뒤의 18가구는 낮보다 훨씬 화려하다. 저물도록 미닫이 여닫는 소리가 잦다. 바빠진다. 여러 가지 냄새가 나기 시작한다. 비웃 굽는 냄새, 화장품 냄새, 뜨물 냄새, 비누 냄새.

3

비웃 : 청어를 식료품으로 일컫는 말

뜨물 : 곡식을 씻어낸 부옇게 된 물

4

그러나 이런 것들보다도 그들의 문패가 제일로 고개를 끄덕이게 하는 것이다.

이 18가구를 대표하는 대문이라는 것이 일각이 져서 외따로 떨어지기는 했으나, 있다. 그러나 그것은 한 번도 닫힌 일이 없는, 한길이나 마찬가지 대문인 것이다. 온갖 장사치들은 하루 가운데 어느 시간에라도 이 대문을 통하여 드나들 수 있는 것이다. 이네들은 문간에서 두부를 사는 것이 아니라, 미닫이를 열고 방에서 두부를 사는 것이다. 이렇게 생긴 33번지 대문에 그들 18가구의 문패를 몰아다 붙이는 것은 의미가 없다. 그들은 어느 사이엔가 각 미닫이 위 백인당이니 길상당이니 써 붙인 한 곁에다 문패를 붙이는 풍속을 가져 버렸다.

내 방 미닫이 위의 한 곁에 칼표 딱지를 낸 것도-아니! 내 아내의 명함이 붙어 있는 것도 이 풍속을 좇은 것이 아닐 수 없다.

4

5

나는 그러나 그들의 아무와도 놀지 않는다. 놀지 않을 뿐만 아니라 인사도 않는다. 나는 내 아내와 인사하는 외에 누구와도 인사하고 싶지 않았다. 내 아내 외의 다른 사람과 인사를 하거나 놀거나 하는 것은 내 아내 낯을 보아 좋지 않은 일인 것만 같이 생각이 되었기 때문이다. 나는 이만큼까지 내 아내를 소중히 생각한 것이다. 내가 이렇게까지 내 아내를 소중히 생각한 까닭은 이 33번지 18가구 속에서 내 아내가 그녀의 작은 명함처럼 제일 작고 제일 아름다운 것을 안 까닭이다. 18가구에 각기 빌어들은 송이송이 꽃들 가운데서도 내 아내가 특히 아름다운 한 떨기의 꽃으로 이 함석지붕 밑 볕 안 드는 지역에서 어디까지든지 찬란하였다. 따라서 그런 한 떨기 꽃을 지키고-아니 그 꽃에 매어달려 사는 '나'라고 하는 존재가 도무지 형언할 수 없는 거북살스러운 존재가 아닐 수 없었던 것은 물론이다.

나는 어디까지든지 내 방이-집이 아니다. 집은 없다.-마음에 들었다. 방 안의 기온은 내 체온을 위하여 쾌적하였고, 방 안의 침침한 정도가 또한 내 안력을 위하여 쾌적하였다. 나는 내 방 이상의 서늘한 방도 또 따뜻한 방도 희망하지 않았다. 이 이상으로 밝거나 이 이상으로 아늑한 방은 원하지 않았다. 내 방은 나 하나를 위하여 요만한 정도를 꾸준히 지키는 것 같아 늘 내 방에 감사하였고, 나는 또 이런 방을 위하여 이 세상에 태어난 것만 같아서 즐거웠다.

5

6

그러나 이것은 행복이라든가 불행이라든가 하는 것을 계산하는 것은 아니었다. 말하자면 나는 내가 행복하다고도 생각할 필요가 없었고, 그렇다고 불행하다고도 생각할 필요가 없었다. 그냥 그날을 그저 까닭 없이 펀둥펀둥 게을러지고만 있으면 만사는 그만이었던 것이다.

내 몸과 마음에 옷처럼 잘 맞는 방 속에서 뒹굴면서, 축 처져 있는 것은 행복이니 불행이니 하는 그런 세속적인 계산을 떠난, 가장 편리하고 안일한, 말하자면 절대적인 상태인 것이다. 나는 이런 상태가 좋았다.

이 절대적인 내 방은 대문간에서 세어서 똑 일곱째 칸이다. 럭키 세븐의 뜻이 없지 않다. 나는 이 일곱이라는 숫자를 훈장처럼 사랑하였다. 이런 이 방이 가운데 장지로 말미암아 두 칸으로 나뉘어 있었다는 그것이 내 운명의 상징이었던 것을 누가 알랴? 아랫방은 그래도 해가 든다. 아침결에 책보만한 해가 들었다가 오후에 손수건만 해지면서 나가 버린다. 해가 영영 들지 않는 윗방이 즉, 내 방인 것은 말할 것도 없다. 이렇게 볕드는 방이 아내 방이요, 볕 안 드는 방이 내 방인 것을, 아내와 나, 둘 중에 누가 정했는지 나는 기억하지 못한다.

6

7

그러나 나에게는 불평이 없다.

아내가 외출만 하면 나는 얼른 아랫방으로 와서 그 동쪽으로 난 들창을 열어놓고, 열어놓으면 들이비치는 햇살이 아내의 화장대를 비춰 가지각색 병들이 아롱이 지면서 찬란하게 빛나고, 이렇게 빛나는 것을 보는 것은 다시없는 내 오락이다. 나는 조그만 돋보기를 꺼내가지고 아내만이 사용하는 지리가미를 꺼내 그을려가면서 불장난을 하고 논다. 평행광선을 굴절시켜 한 초점으로 모으고, 그 초점이 따끈따끈해지다가, 마지막에는 종이를 그을리기 시작하고, 가느다란 연기를 내면서 드디어 구멍을 뚫어놓는 데까지 이르는, 고 얼마 안 되는 동안의 초조한 맛이 죽고 싶을 만큼 내게는 재미있었다.

이 장난이 싫증이 나면 나는 또 아내의 손잡이 거울을 가지고 여러 가지로 논다. 거울이란 제 얼굴을 비칠 때만 실용품이다. 그 외의 경우에는 도무지 장난감인 것이다. 이 장난도 곧 싫증이 난다.

나의 유희본능은 육체적인 데서 정신적인 데로 비약한다. 나는 거울을 내던지고 아내의 화장대 앞으로 가까이 가서 나란히 늘어 놓인 그 가지각색의 화장품 병들을 들여다본다. 고것들은 세상의 무엇보다도 매력적이다. 나는 그중의 하나만을 골라서 가만히 마개를 빼고 병 구멍을 내 코에 가져다 대고 숨죽이듯이 가벼운 호흡을 하여 본다. 이국적인 센슈얼한 향기가 폐로 스며들면 나는 저절로 스르르 감기는 내 눈을 느낀다. 확실히 아내의 체취의 파편이다.

나는 도로 병마개를 막고 생각해 본다. 아내의 어느 부분에서 요 냄새가 났던가를……. 그러나 그것은 분명하지 않다. 왜? 아내의 체취는 여기 늘어서 있는 가지각색 향기의 합계일 것이니까.

7

지리가미 : 휴지의 일본말

센슈얼(Sensual) : 관능적인

8

아내의 방은 늘 화려하였다. 내 방이 벽에 못 한 개 꽂히지 않은 소박한 것인 반대로, 아내 방에는 천장 밑으로 쫙 돌려 못이 박히고, 그곳마다 화려한 아내의 치마와 저고리가 걸렸다. 여러 가지 무늬가 보기 좋다. 나는 그 여러 조각의 치마에서 늘 아내의 동체와, 그 동체가 될 수 있는 여러 가지 '포우즈'를 연상하고 연상하면서 내 마음은 늘 점잖지 못하다.

그렇건만 나에게는 옷이 없었다. 아내는 내게 옷을 주지 않았다. 입고 있는 골덴 양복 한 벌이 내 자리옷이었고 통상복과 나들이옷을 겸한 것이었다. 그리고 하이넥의 스웨터가 한 조각 사철을 통한 내 내의다. 그것들은 하나같이 다 빛이 검다. 그것은 내 짐작 같아서는 즉 빨래를 될 수 있는 데까지 하지 않아도 보기 싫지 않게 하기 위한 것이 아닌가 한다. 나는 허리와 두 가랑이 세군데 다-고무 밴드가 끼어 있는 부드러운 사루마다를 입고 그리고 아무 소리 없이 잘 놀았다.

8

사루마다 : 무명으로 만든 짧은 바지형태의 속옷을 뜻하는 일본어

9

어느덧 손수건만해졌던 볕이 나갔는데 아내는 외출에서 돌아오지 않는다. 나는 좀 피곤하였고, 또 아내가 돌아오기 전에 내 방으로 가있어야 될 것을 생각하고 그만 내 방으로 건너간다. 내 방은 침침하다. 나는 이불을 뒤집어쓰고 낮잠을 잔다. 한 번도 걷은 일이 없는 내 이부자리는 내 몸뚱이의 일부분처럼 내게는 참 반갑다. 잠은 잘 오는 적도 있다. 그러나 또 전신이 까칫까칫하면서 영 잠이 오지 않는 적도 있다. 그런 때는 아무 제목으로나 제목을 하나 골라서 연구하였다. 나는 내 좀 축축한 이불속에서 참 여러 가지 발명도 하였고 논문도 많이 썼다. 시도 많이 지었다. 그러나 그것들은 내가 잠이 드는 것과 동시에 내 방에 담겨서 철철 넘치는 그 흐늑흐늑한 공기에 다 비누처럼 풀어져서 온데간데없고, 한잠 자고 깨인 나는 속이 무명헝겊이나 메밀껍질로 띵띵 찬 한 덩어리 베개와도 같은 한 벌 신경이었을 뿐이고 뿐이고 하였다.

그러기에 나는 빈대가 무엇보다도 싫었다. 그러나 내 방에서는 겨울에도 몇 마리의 빈대가 끊이지 않고 나왔다. 내게 근심이 있었다면 오직 이 빈대를 미워하는 근심일 것이다. 나는 빈대에게 물려서 가려운 자리를 피가 나도록 긁었다. 쓰라리다. 그것은 그윽한 쾌감에 틀림없었다. 나는 혼곤히 잠이 든다.

9

10

나는 그러나 그런 이불속의 사색 생활에서도 적극적인 것을 궁리하는 법이 없다. 내게는 그럴 필요가 대체 없었다. 만일 내가 그런 좀 적극적인 것을 궁리해내었을 경우에 나는 반드시 내 아내와 의논하여야 할 것이고, 그러면 반드시 나는 아내에게 꾸지람을 들을 것이고-나는 꾸지람이 무서웠다느니보다는 성가셨다. 내가 제법 한 사람의 사회인의 자격으로 일을 해 보거나, 아내에게 사설 듣거나 하는 것들보다, 나는 가장 게으른 동물처럼 게으른 것이 좋았다. 될 수만 있으면 이 무의미한 인간의 탈을 벗어 버리고도 싶었다.

나에게는 인간 사회가 스스러웠다. 생활이 스스러웠다. 모두가 서먹서먹할 뿐이었다.

10

스스럽다 : 정분이 두텁지 않아 조심스럽다

11

아내는 하루에 두 번 세수를 한다.

나는 하루 한 번도 세수를 하지 않는다.

나는 밤중 세 시나 네 시쯤 해서 변소에 갔다.

달이 밝은 밤에는 한참씩 마당에 우두커니 섰다가 들어오곤 한다. 그러니까 나는 이 18가구의 아무와도 얼굴이 마주치는 일이 거의 없다. 그러면서도 나는 이 18가구의 젊은 여인네 얼굴들을 거반 다 기억하고 있었다. 그들은 하나같이 내 아내만 못하였다.

열한 시쯤 해서 하는 아내의 첫 번 세수는 좀 간단하다. 그러나 저녁 일곱 시쯤 해서 하는 두 번째 세수는 손이 많이 간다. 아내는 낮에 보다도 밤에 더 좋고 깨끗한 옷을 입는다. 그리고 낮에도 외출하고 밤에도 외출하였다.

아내에게 직업이 있었던가? 나는 아내의 직업이 무엇인지 알 수 없다. 만일 아내에게 직업이 없었다면 같이 직업이 없는 나처럼 외출할 필요가 생기지 않을 것인데-아내는 외출한다. 외출할 뿐만 아니라 내객이 많다. 아내에게 내객이 많은 날은 나는 온종일 내 방에서 이불을 쓰고 누워 있어야만 된다.

11

12

불장난도 못한다. 화장품 냄새도 못 맡는다. 그런 날은 나는 의식적으로 우울해하였다. 그러면 아내는 나에게 돈을 준다. 오십 전짜리 은화다. 나는 그것이 좋았다.

그러나 그것을 무엇에 써야 옳을지 몰라서 늘 머리맡에 던져두고 두고 한 것이 어느 결에 모여서 꽤 많아졌다 어느 날 이것을 본 아내는 금고처럼 생긴 벙어리를 사다준다.

나는 한 푼씩 한 푼씩 그 속에 넣고 열쇠는 아내가 가져갔다. 그 후에도 나는 더러 은화를 그 벙어리에 넣은 것을 기억한다. 그리고 나는 게을렀다. 얼마 후 아내의 머리 쪽에 보지 못하던 누깔잠이 하나 여드름처럼 돋았던 것은 바로 그 금고형 벙어리의 무게가 가벼워졌다는 증거일까. 그러나 나는 드디어 머리맡에 놓았던 그 벙어리에 손을 대지 않고 말았다. 내 게으름은 그런 것에 내 주의를 환기시키기도 싫었다.

12

누깔잠 : 비녀의 일종

13

아내에게 내객이 있는 날은 이불 속으로 암만 깊이 들어가도 비오는 날만큼 잠이 잘 오지 않았다. 나는 그런 때 나에게 왜 늘 돈이 있나, 왜 돈이 많은가를 연구했다. 내객들은 장지 저쪽에 내가 있는 것을 모르나보다. 내 아내와 나도 좀 하기 어려운 농을 아주 서슴지 않고 쉽게 해 던지는 것이다. 그러나 내 아내를 찾은 서너 사람의 내객들은 늘 비교적 점잖았다고 볼 수 있는 것이, 자정이 좀 지나면 으레 돌아들 갔다.

그들 가운데에는 퍽 교양이 얕은 자도 있는 듯싶었는데, 그런 자는 보통 음식을 사다 먹고 논다.

그래서 보충을 하고 대체로 무사하였다. 나는 우선 아내의 직업이 무엇인가를 연구하기에 착수하였으나 좁은 시야와 부족한 지식으로는 이것을 알아내기 힘이 든다. 나는 끝끝내 내 아내의 직업이 무엇인가를 모르고 말려나보다.

아내는 늘 진솔 버선만 신었다. 아내는 밥도 지었다. 아내가 밥을 짓는 것을 나는 한 번도 구경한 일은 없으나 언제든지 끼니때면 내 방으로 내 조석 밥을 날라다 주는 것이다. 우리 집에는 나와 내 아내 외의 다른 사람은 아무도 없다. 이 밥은 분명 아내가 손수 지었음에 틀림없다.

13

조석 : 아침저녁

14

그러나 아내는 한 번도 나를 자기 방으로 부른 일은 없다. 나는 늘 내 방에서 혼자 밥을 먹고 잠을 잤다.

밥은 너무 맛이 없었다. 반찬이 너무 엉성하였다. 나는 닭이나 강아지처럼 말없이 주는 모이를 넓적넓적 받아먹기는 했으나 내심 야속하게 생각한 적도 더러 없지 않다.

나는 안색이 여지없이 창백해가면서 말라 들어갔다. 나날이 눈에 보이듯이 기운이 줄어들었다. 영양 부족으로 하여 몸뚱이 곳곳의 뼈가 불쑥불쑥 내어 밀었다. 하룻밤 사이에도 수십 번을 돌아눕지 않고는 여기저기가 배겨서 나는 배겨낼 수가 없었다.

그렇기 때문에 나는 내 이불 속에서 아내가 늘 흔히 쓸 수 있는 저 돈의 출처를 탐색해내는, 일변 장지 틈으로 새어나오는 아랫방의 음성은 무엇일까를 간단히 연구하였다.

나는 잠이 잘 안 왔다.

14

15

깨달았다. 아내가 쓰는 그 돈은 내게는 다만 실없는 사람들로밖에 보이지 않는 까닭모를 내객들이 놓고 가는 것이 틀림없으리라는 것을 깨달았다.

그러나 왜 그들 내객은 돈을 놓고 가나? 왜 내 아내는 그 돈을 받아야 되나? 하는 예의 관념이 내게는 도무지 알 수 없는 것이었다.

그것은 그저 예의에 지나지 않는 것일까? 그렇지 않으면 혹 무슨 대가일까? 보수일까? 내 아내가 그들의 눈에는 동정을 받아야만 할 한 가엾은 인물로 보였던가? 이런 것들을 생각하노라면 으레 내 머리는 그냥 혼란하여 버리고 버리고 하였다. 잠들기 전에 획득했다는 결론이 오직 불쾌하다는 것뿐이었으면서도 나는 그런 것을 아내에게 물어보거나 한 일이 참 한 번도 없다. 그것은 대체 귀찮기도 하려니와 한잠 자고 일어나는 나는 사뭇 딴 사람처럼 이것도 저것도 다 깨끗이 잊어버리고 그만 두는 까닭이다.

내객들이 돌아가고, 혹 외출에서 돌아오고 하면 아내는 간편한 것으로 옷을 바꾸어 입고 내 방으로 나를 찾아온다. 그리고 이불을 들치고 내 귀에는 영 생동생동한 몇 마디 말로 나를 위로하려든다. 나는 조소도, 고소도, 홍소도 아닌 웃음을 얼굴에 띠고 아내의 아름다운 얼굴을 쳐다본다. 아내는 방그레 웃는다. 그러나 그 얼굴에 떠도는 일말의 애수를 나는 놓치지 않는다.

15

16

아내는 능히 내가 배고파하는 것을 눈치 챌 것이다. 그러나 아랫방에서 먹고 남은 음식을 나에게 주려 들지는 않는다. 그것은 어디까지든지 나를 존경하는 마음일 것임에 틀림없다. 나는 배가 고프면서도 적이 마음이 든든한 것을 좋아했다. 아내가 무엇이라고 지껄이고 갔는지 귀에 남아 있을 리 없다. 다만 내 머리맡에 아내가 놓고 간 은화가 전등불에 흐릿하게 빛나고 있을 뿐이다.

고 금고형 벙어리 속에 은화가 얼마만큼이나 모였을까? 나는 그러나 그것을 쳐들어 보지 않았다. 그저 아무런 의욕도 기원도 없이 그 단춧구멍처럼 생긴 틈바구니로 은화를 떨어뜨려 둘 뿐이었다.

왜 아내의 내객들이 아내에게 돈을 놓고 가나 하는 것이 풀 수 없는 의문인 것같이, 왜 아내는 나에게 돈을 놓고 가나 하는 것도 역시 나에게는 똑같이 풀 수 없는 의문이었다.

내 비록 아내가 내게 돈을 놓고 가는 것이 싫지 않았다하더라도 그것은 다만 고것이 내 손가락 닿는 순간에서부터 고 벙어리 주둥이에서 자취를 감추기까지의 하잘것없는 짧은 촉각이 좋았달 뿐이지 그 이상 아무 기쁨도 없다.

16

17

어느 날 나는 고 벙어리를 변소에 갖다 넣어 버렸다. 그 때 벙어리 속에는 몇 푼이나 되는지 모르겠으나 고 은화들이 꽤 들어 있었다.

나는 내가 지구 위에 살며 내가 이렇게 살고 있는 지구가 질풍신뢰의 속력으로 광대무변의 공간을 달리고 있다는 것을 생각했을 때 참 허망하였다. 나는 이렇게 부지런한 지구 위에서는 현기증도 날 것 같고 해서 한시바삐 내려 버리고 싶었다.

이불 속에서 이런 생각을 하고 난 뒤에는 나는 고 은화를 고 벙어리에 넣고 넣고 하는 것조차 귀찮아졌다. 나는 아내가 손수 벙어리를 사용하였으면 하고 생각하였다.

17

질풍신뢰 : 빠른 바람과 번개라는 뜻으로, 빠르고 심하게 변하는 상태의 비유

광대무변 : 넓고 커서 끝이 없음

18

벙어리도 돈도 사실은 아내에게만 필요한 것이지 내게는 애초부터 의미가 전연 없는 것이었으니까 될 수만 있으면 그 벙어리를 아내는 아내 방으로 가져갔으면, 하고 기다렸다.

그러나 아내는 가져가지 않는다. 나는 내가 아내 방으로 가져다 둘까 하고 생각하여 보았으나 그 즈음에는 아내의 내객이 워낙 많아서 내가 아내 방에 가볼 기회가 도무지 없었다. 그래서 나는 하 는 수 없이 변소에 갖다 집어넣어 버리고 만 것이다.

나는 서글픈 마음으로 아내의 꾸지람을 기다렸다. 그러나 아내는 끝내 아무 말도 하지 않았다.

않았을 뿐 아니라 여전히 돈은 돈대로 머리맡에 놓고 가지 않나! 내 머리맡에는 어느덧 은화가 꽤 많이 모였다.

내객이 아내에게 돈을 놓고 가는 것이나 아내가 내게 돈을 놓고 가는 것이나 일종의 쾌감-그 외의 다른 아무런 이유도 없는 것이 아닐까 하는 것을 나는 또 이불 속에서 연구하기 시작하였다.

쾌감이라면 어떤 종류의 쾌감일까를 계속하여 연구하였다. 그러나 그것은 이불 속의 연구로는 알 길이 없었다. 쾌감, 쾌감, 하고 나는 뜻밖에도 이 문제에 대해서만 흥미를 느꼈다.

아내는 물론 나를 늘 감금하여두다시피 하여 왔다. 내게 불평이 있을 리 없다. 그런 중에도 나는 그 쾌감이라는 것의 유무를 체험하고 싶었다.

18

19

나는 아내의 밤 외출을 틈타서 밖으로 나왔다. 나는 거리에서 잊어버리지 않고 가지고 나온 은화를 지폐로 바꾼다. 오 원이나 된다. 그것을 주머니에 넣고 나는 목적지를 잃어버리기 위하여 얼마든지 거리를 쏘다녔다. 오래간만에 보는 거리는 거의 경이에 가까울 만큼 내 신경을 흥분시키지 않고는 마지않았다. 나는 금시에 피곤하여버렸다.

그러나 나는 참았다. 그리고 밤이 이슥하도록 까닭을 잃어버린 채 이 거리 저 거리로 지향 없이 헤매었다. 돈은 물론 한 푼도 쓰지 않았다. 돈을 쓸 아무 엄두도 나서지 않았다. 나는 벌써 돈을 쓰는 기능을 완전히 상실한 것 같았다.

나는 과연 피로를 이 이상 견디기가 어려웠다. 나는 가까스로 내 집을 찾았다. 나는 내 방을 가려면 아내 방을 통과하지 않으면 안 될 것을 알고, 아내에게 내객이 있나 없나를 걱정하면서 미닫이 앞에서 좀 거북살스럽게 기침을 한 번 했더니, 이것은 참 또 너무도 암상스럽게 미닫이가 열리면서 아내의 얼굴과 그 등 뒤에 낯선 남자의 얼굴이 이쪽을 내다보는 것이다. 나는 별안간 내어 쏟아지는 불빛에 눈이 부셔서 좀 머뭇머뭇했다.

19

암상 : 남을 미워하고 샘을 잘 내는 마음

20

나는 아내의 눈초리를 못 본 것은 아니다. 그러나 나는 모른 체하는 수밖에 없었다. 왜? 나는 어쨌든 아내의 방을 통과하지 아니하면 안 되니까…….

나는 이불을 뒤집어썼다. 무엇보다도 다리가 아파서 견딜 수가 없었다.

이불 속에서는 가슴이 울렁거리면서 암만해도 까무러칠 것만 같았다. 걸을 때는 몰랐더니 숨이 차다. 등에 식은땀이 쭉 배어나온다. 나는 외출한 것을 후회하였다. 이런 피로를 잊고 어서 잠이 들었으면 좋았다. 한잠 잘 자고 싶었다.

얼마동안이나 비스듬히 엎드려있었더니 차츰차츰 뚝딱거리는 가슴 동계가 가라앉는다. 그만해도 우선 살 것 같았다. 나는 몸을 들쳐 반듯이 천장을 향하여 눕고 쭈욱 다리를 뻗었다.

그러나 나는 또다시 가슴의 동계를 피할 수 없게 되었다. 아랫방에서 아내와 그 남자의, 내 귀에도 들리지 않을 만큼 낮은 목소리로 소곤거리는 기척이 장지 틈으로 전하여 왔던 것이다. 청각이 더 예민해지도록 나는 눈을 떴다. 그리고 숨을 죽였다.

그러나 그 때는 벌써 아내와 남자는 앉았던 자리를 툭툭 털고 일어섰고 일어서면서 옷과 모자 쓰는 기척이 나는 듯하더니 이어 미닫이가 열리고 구두 뒤축 소리가 나고 그리고 뜰에 내려서는 소리 가 쿵, 하고 나면서 뒤를 따르는 아내의 고무신 소리가 두어 발짝 찍찍 나고, 사뿐사뿐 나나 하는 사이에 두 사람의 발소리가 대문 쪽으로 사라졌다.

20

21

나는 아내의 이런 태도를 본 일이 없다. 아내는 어떤 사람과도 결코 소곤거리는 법이 없다. 나는 내 방에서 이불을 쓰고 누워있는 동안에도 혹 술이 취해서 혀가 잘 돌아가지 않는 내객들의 담화는 더러 놓치는 수가 있어도 아내의 높지도 낮지도 않은 말소리는 일찍이 한마디도 놓쳐 본 일이 없다.

더러 내 귀에 거슬리는 소리가 있어도 나는 그것이 태연한 목소리로 내 귀에 들렸다는 이유로 충분히 안심이 되었다.

그렇던 아내의 이런 태도는 필시 그 속에 여간하지 않은 사정이 있는 듯 시피 생각이 되고 내 마음은 좀 서운했으나 그보다도 나는 좀 너무 피로해서 오늘만은 이불 속에서 아무것도 연구하지 않기로 굳게 결심하고 잠을 기다렸다. 낮잠은 좀처럼 오지 않았다. 대문간에 나간 아내도 좀처럼 들어오지 않았다. 그러는 동안에 흐지부지 나는 잠이 들어 버렸다. 꿈이 얼쑹덜쑹 종을 잡을 수 없는 거리의 풍경을 여전히 헤매었다.

21

22

나는 몹시 흔들렸다. 내객을 보내고 들어온 아내가 잠든 나를 잡아 흔드는 것이다. 나는 눈을 번쩍 뜨고 아내의 얼굴을 쳐다보았다. 아내의 얼굴에는 웃음이 없다. 나는 좀 눈을 비비고 아내의 얼굴을 자세히 보았다. 노기가 눈초리에 떠서 얇은 입술이 바르르 떨린다. 좀처럼 이 노기가 풀리기는 어려울 것 같았다. 나는 그대로 눈을 감아 버렸다. 벼락이 내리기를 기다린 것이다. 그러나 쌔근거리는 숨소리가 나면서 부스스 아내의 치맛자락 소리가 나고 장지가 여닫히며 아내는 아내 방으로 돌아갔다.

나는 다시 몸을 돌려 이불을 뒤집어쓰고는 개구리처럼 엎드리고 엎드려서 배가 고픈 가운데도 오늘밤의 외출을 또 한 번 후회하였다.

22

23

나는 이불 속에서 아내에게 사죄하였다. 그것은 네 오해라고……. 나는 사실 밤이 퍽이나 이슥한 줄만 알았던 것이다. 그것이 네 말마따나 자정 전인지는 정말이지 꿈에도 몰랐다. 나는 너무 피곤하였다. 오래간만에 나는 너무 많이 걸은 것이 잘못이다.

내 잘못이라면 잘못은 그것 밖에 없다. 외출은 왜 하였더냐고? 나는 그 머리맡에 저절로 모인 오 원 돈을 아무에게라도 좋으니 주어보고 싶었던 것이다. 그뿐이다. 그러나 그것도 내 잘못이라면 나는 그렇게 알겠다. 나는 후회하고 있지 않나? 내가 그 오 원 돈을 써 버릴 수가 있었던들 나는 자정 안에 집에 돌아올 수 없었을 것이다. 그러나 거리는 너무 복잡하였고 사람은 너무도 들끓었다. 나는 어느 사람을 붙들고 그 오 원 돈을 내어 주어야할지 갈피를 잡을 수가 없었다. 그러는 동안에 나는 여지없이 피곤해버리고 말았던 것이다.

나는 무엇보다도 좀 쉬고 싶었다. 눕고 싶었다. 그래서 나는 하는 수 없이 집으로 돌아온 것이다. 내 짐작 같아서는 밤이 어지간히 늦은 줄만 알았는데, 그것이 불행히도 자정 전이었다는 것은 참 안된 일이다. 미안한 일이다. 나는 얼마든지 사죄하여도 좋다. 그러나 종시 아내의 오해를 풀지 못하였다하면 내가 이렇게까지 사죄하는 보람은 그럼 어디 있나? 한심하였다.

23

24

한 시간 동안을 나는 이렇게 초조하게 굴지 않으면 안 되었다. 나는 이불을 홱 젖혀 버리고 일어나서 장지를 열고 아내 방으로 비칠비칠 달려갔던 것이다. 내게는 거의 의식이라는 것이 없었다.

나는 아내 이불 위에 엎드러지면서 바지 포켓 속에서 그 돈 오 원을 꺼내 아내 손에 쥐어 준 것을 간신히 기억할 뿐이다.

이튿날 잠이 깨었을 때 나는 내 아내의 방, 아내의 이불 속에 있었다. 이것이 이 33번지에서 살기 시작한 이래 내가 아내의 방에서 잔 맨 처음이었다.

해가 들창에 훨씬 높았는데 아내는 이미 외출하고 벌써 내 곁에 있지는 않다. 아니! 아내는 엊저녁 내가 의식을 잃은 동안에 외출한 것인지도 모른다. 그러나 나는 그런 것을 조사하고 싶지 않았다. 다만 전신이 찌뿌드드한 것이 손가락 하나 꼼짝할 힘조차 없었다. 책보보다 좀 작은 면적의 볕이 눈이 부시다. 그 속에서 수없이 먼지가 흡사 미생물처럼 난무한다. 코가 콱 막히는 것 같다. 나는 다시 눈을 감고 이불을 푹 뒤집어쓰고 낮잠을 자기에 착수하였다. 그러나 코를 스치는 아내의 체취는 꽤 도발적이었다. 나는 몸을 여러 번 여러 번 비비꼬면서 아내의 화장대에 늘어선 고 가지각색 화장품 병들의 마개를 뽑았을 때 풍기는 냄새를 더듬느라고 좀처럼 잠이 들지 않는 것을 나는 어찌하는 수도 없었다.

24

25

견디다 못하여 나는 그만 이불을 걷어차고 벌떡 일어나서 내 방으로 갔다. 내 방에는 다 식어 빠진 내 끼니가 가지런히 놓여 있는 것이다. 아내는 내 모이를 여기다 두고 나간 것이다. 나는 우선 배가 고팠다. 한 숟갈을 입에 떠 넣었을 때 그 촉감은 참 너무도 냉회와 같이 써늘하였다. 나는 숟갈을 놓고 내 이불 속으로 들어갔다. 하룻밤을 비었던 내 이부자리는 여전히 반갑게 나를 맞아 준다. 나는 내 이불을 뒤집어쓰고 이번에는 참 늘어지게 한잠 잤다. 잘-

내가 잠을 깬 것은 전등이 켜진 뒤다. 그러나 아내는 아직도 돌아오지 않았나보다.

아니! 돌아왔다 또 나갔는지 알 수 없다. 그러나 그런 것을 상고하여 무엇하나? 정신이 한결 난다. 나는 밤일을 생각해 보았다. 그 돈 오 원을 아내 손에 쥐어 주고 넘어졌을 때에 느낄 수 있었던 쾌감을 나는 무엇이라고 설명할 수가 없었다. 그러나 내객들이 내 아내에게 돈 놓고 가는 심리며 내 아내가 내게 돈 놓고 가는 심리의 비밀을 나는 알아낸 것 같아서 여간 즐거운 것이 아니다.

25

26

나는 속으로 빙그레 웃어 보았다.

이런 것을 모르고 오늘까지 지내온 내 자신이 어떻게 우스꽝스럽게 보이는지 몰랐다.

따라서 나는 또 오늘 밤에도 외출하고 싶었다. 그러나 돈이 없다. 나는 또 엇저녁에 그 돈 오 원을 한꺼번에 아내에게 주어버린 것을 후회하였다. 또 고 벙어리를 변소에 갖다 처넣어 버린 것도 후회하였다. 나는 실없이 실망하면서 습관처럼 그 돈, 오 원이 들어 있던 내 바지 포켓에 손을 넣어 한번 휘둘러보았다. 뜻밖에도 내 손에 쥐어지는 것이 있었다. 이 원 밖에 없다. 그러나 많아야 맛은 아니다. 얼마간이고 있으면 된다. 나는 그만한 것이 여간 고마운 것이 아니었다.

나는 기운을 얻었다. 나는 그 단벌 다 떨어진 골덴 양복을 걸치고 배고픈 것도 주제 사나운 것도 다 잊어버리고 활갯짓을 하면서 또 거리로 나섰다. 나서면서 나는 제발 시간이 화살 단듯해서 자정이 어서 홱 지나 버렸으면 하고 조바심을 태웠다. 아내에게 돈을 주고 아내 방에서 자보는 것은 어디까지든지 좋았지만 만일 잘못해서 자정 전에 집에 들어갔다가 아내의 눈총을 맞는 것은 그것은 여간 무서운 일이 아니었다.

26

27

나는 저물도록 길가 시계를 들여다보고 들여다보고 하면서 또 지향 없이 거리를 방황하였다. 그러나 이날은 좀처럼 피곤하지는 않았다. 다만 시간이 좀 너무 더디게 가는 것만 같아서 안타까웠다.

경성역(京城驛) 시계가 확실히 자정을 지난 것을 본 뒤에 나는 집으로 향하였다. 그날은 그 일각 대문에서 아내와 아내의 남자가 이야기하고 서있는 것을 만났다. 나는 모른 체하고 두 사람 곁을 지나 서 내 방으로 들어갔다. 뒤이어 아내도 들어왔다. 와서는 이 밤중에 평생 안 하던 쓰레질을 하는 것이었다. 조금 있다가 아내가 눕는 기척을 엿보자마자 나는 또 장지를 열고 아내 방으로 가서 그 돈 이 원을 아내 손에 덥석 쥐어 주고 그리고-하여간 그 이 원을 오늘 밤에도 쓰지 않고 도로 가져온 것이 참 이상하다는 듯이 아내는 내 얼굴을 몇 번이고 엿보고-아내는 드디어 아무 말도 없이 나를 자기 방에 재워 주었다. 나는 이 기쁨을 세상의 무엇과도 바꾸고 싶지는 않았다.

나는 편히 잘 잤다.

27

28

이튿날도 내가 잠이 깨었을 때는 아내는 보이지 않았다. 나는 또 내 방으로 가서 피곤한 몸이 낮잠을 잤다. 내가 아내에게 흔들려 깨었을 때는 역시 불이 들어온 뒤였다. 아내는 자기 방으로 나를 오라는 것이다. 이런 일은 또 처음이다. 아내는 끊임없이 얼굴에 미소를 띠고 내 팔을 이끄는 것이다. 나는 이런 아내의 태도 이면에 엔간치 않은 음모가 숨어있지나 않은가 하고 적이 불안을 느끼지 않을 수 없었다.

나는 아내의 하자는 대로 아내의 방으로 끌려갔다. 아내 방에는 저녁 밥상이 조촐하게 차려져있는 것이다. 생각하여보면 나는 이틀을 굶었다. 나는 지금 배고픈 것까지도 긴가민가 잊어버리고 어름어름하던 차다.

나는 생각하였다. 이 최후의 만찬을 먹고 나자마자 벼락이 내려도 나는 차라리 후회하지 않을 것을. 사실 나는 인간 세상이 너무나 심심해서 못 견디겠던 차다. 모든 것이 성가시고 귀찮았으나 그러나 불의의 재난이라는 것은 즐겁다.

나는 마음을 턱 놓고 조용히 아내와 마주하고 이 해괴한 저녁밥을 먹었다.

우리 부부는 이야기하는 법이 없었다. 밥을 먹은 뒤에도 나는 말이 없이 부스스 일어나서 내 방으로 건너가 버렸다. 아내는 나를 붙잡지 않았다. 나는 벽에 기대어 앉아서 담배를 한 대 피워 물고 그리고 벼락이 떨어질 테거든 어서 떨어져라, 하고 기다렸다.

오 분! 십 분!

그러나 벼락은 내리지 않았다. 긴장이 차츰 풀어지기 시작한다. 나는 어느덧 오늘 밤에도 외출할 것을 생각하고 있었다. 돈이 있었으면 하고 생각하고 있었다.

28

엔간하다 : 어연간하다(정도가 표준에 가깝다)의 준말

29

그러나 돈은 확실히 없다. 오늘은 외출하여도 나중에 올 무슨 기쁨이 있나? 내 앞이 그저 아뜩하였다. 나는 화가 나서 이불을 뒤집어쓰고 이리 뒹굴 저리 뒹굴 굴렀다. 금시 먹은 밥이 목으로 자꾸 치밀어 올라온다. 메스꺼웠다.

하늘에서 얼마라도 좋으니 왜 지폐가 소낙비처럼 퍼붓지 않나? 그것이 그저 한없이 야속하고 슬펐다.

나는 이렇게밖에 돈을 구하는 아무런 방법도 알지는 못했다. 나는 이불 속에서 좀 울었나 보다.

왜 없느냐면서…….

그랬더니 아내가 또 내 방에를 왔다. 나는 깜짝 놀라 아마 이제서야 벼락이 내리려나보다 하고 숨을 죽이고 두꺼비 모양으로 엎드려 있었다. 그러나 아내의 말소리는 참 부드러웠다. 정다웠다. 아내는 내가 왜 우는지를 안다는 것이다. 돈이 없어서 그러는 게 아니란다.

나는 실없이 깜짝 놀랐다. 어떻게 사람의 속을 환하게 들여다보는고 해서 나는 한편으로 슬그머니 겁도 안 나는 것은 아니었으나 저렇게 말하는 것을 보면 아마 내게 돈을 줄 생각이 있나보다, 만일 그렇다면 오죽이나 좋은 일일까. 나는 이불 속에 뚤뚤 말린 채 고개도 들지 않고 아내의 다음 거동을 기다리고 있으니까 "옜소"하고 내 머리맡에 내려뜨리는 것은 그 가뿐한 음향으로 보아 지폐에 틀림없었다. 그리고 내 귀에다 대고 오늘일랑 어제보다도 늦게 돌아와도 좋다고 속삭이는 것이다.

그것은 어렵지 않다. 우선 그 돈이 무엇보다도 고맙고 반가웠다.

어쨌든 나섰다. 나는 좀 야맹증이다. 그래서 될 수 있는 대로 밝은 거리로 돌아다니기로 했다.

29

30

그러고는 경성역 일 이등 대합실 한 곁, 티룸에 들렀다. 그것은 내게는 큰 발견이었다. 그곳은 우선 아는 사람이 아무도 안 온다. 설사 왔다가도 곧 돌아가니까 좋다. 나는 날마다 여기 와서 시간을 보내리라 속으로 생각하여 두었다. 여기 시계가 어느 시계보다도 정확하리라는 것이 제일 좋았다. 섣불리 서투른 시계를 보고 그것을 믿고 시간 전에 집에 돌아갔다가 큰 코를 다쳐서는 안 된다.

나는 한 복스에 아무것도 없는 것과 마주 앉아서 잘 끓은 커피를 마셨다. 총총한 가운데 여객들은 그래도 한 잔 커피가 즐거운가보다. 얼른얼른 마시고 무얼 좀 생각하는 것 같이 담벼락도 좀 쳐다보고 하다가 곧 나가 버린다. 서글프다. 그러나 내게는 이 서글픈 분위기가 거리의 티룸들의 그 거추장스러운 분위기보다는 절실하고 마음에 들었다. 이따금 들리는 날카로운 혹은 우렁찬 기적 소리가 모차르트보다도 더 가깝다.

나는 메뉴에 적힌 몇 가지 안 되는 음식 이름을 치읽고 내리읽고 여러 번 읽었다. 그것들은 아물아물하는 것이 어딘가 내 어렸을 때 동무들 이름과 비슷한 데가 있었다.

거기서 얼마나 내가 오래 앉았는지 정신이 오락가락하는 중에 객이 슬며시 뜸해지면서 이 구석 저 구석 걷어치우기 시작하는 것을 보면 아마 닫는 시간이 된 모양이다. 열한 시가 좀 지났구나, 여기도 결코 내 안주의 곳은 아니구나, 어디 가서 자정을 넘길까? 두루 걱정을 하면서 나는 밖으로 나섰다. 비가 온다.

빗발이 제법 굵은 것이 우비도 우산도 없는 나를 고생을 시킬 작정이다. 그렇다고 이런 괴이한 풍모를 차리고 이 홀에서 어물어물하는 수도 없고 에이 비를 맞으면 맞았지 하고 그냥 나서 버렸다.

30

티룸(tearoom) : 차를 마시는 곳

31

대단히 선선해서 견딜 수가 없다. 골덴 옷이 젖기 시작하더니 나중에는 속속들이 스며들면서 추근거린다. 비를 맞아 가면서라도 견딜 수 있는 데까지 거리를 돌아다녀서 시간을 보내려 하였으나, 인제는 선선해서 이 이상은 더 견딜 수가 없다. 오한이 자꾸 일어나면서 이가 딱딱 맞부딪는다. 나는 걸음을 늦추면서 생각하였다. 오늘 같은 궂은날도 아내에게 내객이 있을라구? 없겠지, 하는 생각이 드는 것이다.

집으로 가야겠다. 아내에게 불행히 내객이 있거든 내 사정을 하리라. 사정을 하면 이렇게 비가 오는 것을 눈으로 보고 알아주겠지.

부리나케 와 보니까 그러나 아내에게는 내객이 있었다. 나는 너무 춥고 척척해서 얼떨결에 노크하는 것을 잊었다. 그래서 나는 보면 아내가 덜 좋아할 것을 그만 보았다.

나는 감발자국 같은 발자국을 내면서 덤벙덤벙 아내 방을 디디고 내 방으로 가서 쭉 빠진 옷을 활활 벗어 버리고 이불을 뒤썼다. 덜덜덜덜 떨린다. 오한이 점점 더 심해 들어온다. 여전 땅이 꺼져 들어가는 것만 같았다. 나는 그만 의식을 잃어버리고 말았다.

이튿날 내가 눈을 떴을 때 아내는 내 머리맡에 앉아서 제법 근심스러운 얼굴이다.

31

32

나는 감기가 들었다. 여전히 으스스 춥고 또 골치가 아프고 입에 군침이 도는 것이 씁쓸하면서 팔다리가 척 늘어져서 노곤하다. 아내는 내 머리를 쓱 짚어 보더니 약을 먹어야지 한다. 아내 손이 이마에 선뜻한 것을 보면 신열이 어지간한 모양인데 약을 먹는다면 해열제를 먹어야지 하고 속생각을 하자니까 아내는 따뜻한 물에 하얀 정제약 네 개를 준다. 이것을 먹고 한잠 푹 자고 나면 괜찮다는 것이다. 나는 널름 받아먹었다. 쌉싸름한 것이 짐작 같아서는 아마 아스피린인가 싶다.

나는 다시 이불을 쓰고 단번에 그냥 죽은 것처럼 잠이 들어버렸다.

나는 콧물을 훌쩍훌쩍 하면서 여러 날을 앓았다. 앓는 동안에 끊이지 않고 그 정제약을 먹었다. 그러는 동안에 감기도 나았다. 그러나 입맛은 여전히 소태처럼 썼다.

나는 차츰 또 외출하고 싶은 생각이 났다. 그러나 아내는 나더러 외출하지 말라고 이르는 것이다. 이 약을 날마다 먹고 그리고 가만히 누워 있으라는 것이다. 공연히 외출을 하다가 이렇게 감기가 들어서 저를 고생시키는 게 아니란다. 그도 그렇다. 그럼 외출을 하지 않겠다고 맹세하고 그 약을 연복하여 몸을 좀 보해 보리라고 나는 생각하였다.

나는 날마다 이불을 뒤집어쓰고 밤이나 낮이나 잤다. 유난스럽게 밤이나 낮이나 졸려서 견딜 수가 없는 것이다. 나는 이렇게 잠이 자꾸만 오는 것은 내가 몸이 훨씬 튼튼해진 증거라고 굳게 믿었다.

32

33

나는 아마 한 달이나 이렇게 지냈나보다. 내 머리와 수염이 좀 너무 자라서 후틋해서 견딜 수가 없었다. 거울을 좀 보리라고 나는 아내가 외출한 틈을 타서 아내 방, 아내의 화장대 앞에 앉아 보았다. 상당하다. 수염과 머리가 참 상당하였다.

오늘은 이발을 좀 하리라고 생각하고 겸사겸사 고 화장품 병들 마개를 뽑고 이것저것 맡아 보았다. 한동안 잊어버렸던 향기 가운데서는 몸이 배배 꼬일 것 같은 체취가 전해 나왔다. 나는 아내의 이름을 속으로만 한 번 불러 보았다. "연심이-" 하고……. 오래간만에 돋보기 장난도 하였다. 거울 장난도 하였다. 창에 든 볕이 여간 따뜻한 것이 아니었다. 생각하면 오월이 아니냐.

나는 커다랗게 기지개를 한 번 켜보고 아내 베개를 내려 베고 벌떡 자빠져서는 이렇게도 편안하고 즐거운 세월을 하느님께 흠씬 자랑하여 주고 싶었다. 나는 참 세상의 아무것과도 교섭을 가지지 않는다. 하느님도 아마 나를 칭찬할 수도 처벌할 수도 없는 것 같다.

그러나 다음 순간 실로 세상에도 이상스러운 것이 눈에 띄었다. 그것은 최면약, 아달린 한 갑이었다.

나는 그것을 아내의 화장대 밑에서 발견하고 그것이 흡사 아스피린처럼 생겼다고 느꼈다. 나는 그것을 열어 보았다. 꼭 네 개가 비었다.

33

후끈하다 : 좀 더운 느낌이 있다

아달린 : 쓴맛이 있으나 냄새는 없는 흰 결정성 가루

34

나는 오늘 아침에 네 개의 아스피린을 먹은 것을 기억하고 있었다. 나는 잤다. 어제도 그제도 그 끄제도……. 나는 졸려서 견딜 수가 없었다. 나는 감기가 다 나았는데도……. 아내는 내게 아스피린을 주었다. 내가 잠이든 동안에 이웃에 불이 난 일이 있다. 그때에도 나는 자느라고 몰랐다. 이렇게 나는 잤다. 나는 아스피린으로 알고 그럼 한 달 동안을 두고 아달린을 먹어온 것이다. 이것은 좀 너무 심하다.

별안간 아뜩하더니 하마터면 나는 까무러칠 뻔하였다. 나는 그 아달린을 주머니에 넣고 집을 나섰다. 그리고 산을 찾아 올라갔다.

인간 세상의 아무것도 보기가 싫었던 것이다. 걸으면서 나는 아무쪼록 아내에 관계되는 일은 일체 생각하지 않도록 노력하였다. 길에서 까무러치기 쉬우니까. 나는 어디라도 양지가 바른 자리를 하나 골라 자리를 잡아 가지고 서서히 아내에 관하여서 연구할 작정이었다. 나는 길가의 돌 장판, 구경도 못한 진개나리꽃, 종달새, 돌멩이도 새끼를 까는 이야기, 이런 것만 생각하였다. 다행히 길가에서 나는 졸도하지 않았다.

거기는 벤치가 있었다. 나는 거기 정좌하고 그리고 그 아스피린과 아달린에 관하여 연구하였다. 그러나 머리가 도무지 혼란하여 생각이 체계를 이루지 않는다. 단 오 분이 못가서 나는 그만 귀찮은 생각이 번쩍 들면서 심술이 났다. 나는 주머니에서 가지고 온 아달린을 꺼내 남은 여섯 개를 한꺼번에 질겅질겅 씹어 먹어버렸다. 맛이 익살맞다. 그러고 나서 나는 그 벤치 위에 가로 기다랗게 누웠다. 무슨 생각으로 내가 그따위 짓을 했나, 알 수가 없다. 그저 그러고 싶었다. 나는 게서 그냥 깊이 잠이 들었다. 잠결에도 바위틈으로 흐르는 물소리가 졸졸 하고 언제까지나 귀에 어렴풋이 들려 왔다.

34

35

내가 잠에서 깨었을 때는 날이 환히 밝은 뒤다. 나는 거기서 일주야를 잔 것이다. 풍경이 그냥 노오랗게 보인다. 그 속에서도 나는 번개처럼 아스피린과 아달린이 생각났다.

아스피린, 아달린, 아스피린, 아달린, 마르크, 말사스, 마도로스, 아스피린, 아달린…… 아내는 한 달 동안 아달린을 아스피린이라고 속이고 내게 먹였다.

그것은 아내 방에서 이 아달린 갑이 발견된 것으로 미루어 증거가 너무나 확실하다.

무슨 목적으로 아내는 나를 밤이나 낮이나 재웠어야 됐나? 나를 밤이나 낮이나 재워놓고, 그리고 아내는 내가 잠든 동안에 무슨 짓을 했나? 나를 조금씩 조금씩 죽이려던 것일까? 그러나 또 생각하여 보면 내가 한 달을 두고 먹어온 것이 아스피린이었는지도 모른다. 아내는 무슨 근심되는 일이 있어서 밤이면 잠이 잘 오지 않아서 정작 아내가 아달린을 사용한 것이나 아닌지? 그렇다면 나는 참 미안하다. 나는 아내에게 이렇게 큰 의혹을 가졌다는 것이 참 안됐다.

나는 그래서 부리나케 거기서 내려왔다. 아랫도리가 홰홰 내어 저이면서 어찔어찔한 것을 나는 겨우 집을 향하여 걸었다. 여덟시 가까이였다.

35

36

나는 내 잘못된 생각을 죄다 일러바치고 아내에게 사죄하려는 것이다. 나는 너무 급해서 그만 또 말을 잊어버렸다. 그랬더니 이건 참 큰일 났다. 나는 내 눈으로 절대로 보아서 안 될 것을 그만 딱 보아 버리고 만 것이다.

나는 얼떨결에 그만 냉큼 미닫이를 닫고 그리고 현기증이 나는 것을 진정시키느라고 잠깐 고개를 숙이고 눈을 감고 기둥을 짚고 섰자니까, 일 초 여유도 없이 홱 미닫이가 다시 열리더니 매무새를 풀어헤친 아내가 불쑥 내밀면서 내 멱살을 잡는 것이다. 나는 그만 어지러워서 나둥그러졌다.

36

37

그랬더니 아내는 넘어진 내 위를 덮치면서 내 살을 함부로 물어뜯는 것이다. 아파 죽겠다. 나는 사실 반항할 의사도 힘도 없어서 그냥 넙적 엎드려 있으면서 어떻게 되나 보고 있자니까, 뒤이어 남자가 나오는 것 같더니 아내를 한아름에 덥석 안아가지고 방으로 들어가는 것이다. 아내는 아무 말 없이 다소곳이 그렇게 안겨 들어가는 것이 내 눈에 여간 미운 것이 아니다. 밉다.

아내는 너 밤새워 가면서 도둑질하러 다니느냐, 계집질하러 다니느냐고 발악이다. 이것은 참 너무 억울하다. 나는 어안이 벙벙하여 도무지 입이 떨어지지를 않았다. 너는 그야말로 나를 살해하려 던 것이 아니냐고 소리를 한 번 꽥 질러 보고도 싶었으나, 그런 긴가민가한 소리를 섣불리 입 밖에 내었다가는 무슨 화를 볼는지 알 수 없다. 차라리 억울하지만 잠자코 있는 것이 우선 상책인 듯시피 생각이 들길래, 나는 이것은 또 무슨 생각으로 그랬는지 모르지만 툭툭 털고 일어나서 내 바지 포켓 속에 남은 돈, 몇 원 몇 십 전을 가만히 꺼내서는 몰래 미닫이를 열고 살며시 문지방 밑에다 놓고 나서는, 나는 그냥 줄달음박질을 쳐서 나와 버렸다.

여러 번 자동차에 치일뻔 하면서 나는 그래도 경성역으로 찾아갔다. 빈자리와 마주 앉아서 이 쓰디쓴 입맛을 거두기 위하여 무엇으로나 입가심을 하고 싶었다.

커피! 좋다. 그러나 경성역 홀에 한 걸음 들여 놓았을 때 나는 내 주머니에는 돈이 한 푼도 없는 것을, 그것을 깜박 잊었던 것을 깨달았다. 또 아뜩하였다. 나는 어디선가 그저 맥없이 머뭇머뭇하면서 어쩔 줄을 모를 뿐이었다. 얼빠진 사람처럼 그저 이리갔다 저리갔다 하면서…….

37

38

나는 어디로 어디로 들입다 쏘다녔는지 하나도 모른다. 다만 몇 시간 후에 내가 미쓰꼬시 옥상에 있는 것을 깨달았을 때는 거의 대낮이었다.

나는 거기 아무데나 주저앉아서 내 자라온 스물여섯 해를 회고하여 보았다. 몽롱한 기억 속에서는 이렇다는 아무 제목도 불거져 나오지 않았다.

나는 또 내 자신에게 물어 보았다. 너는 인생에 무슨 욕심이 있느냐고, 그러나 있다고도 없다고도 그런 대답은 하기가 싫었다. 나는 거의 나 자신의 존재를 인식하기조차도 어려웠다.

허리를 굽혀서 나는 그저 금붕어를 들여다보고 있었다. 금붕어는 참 잘들도 생겼다. 작은놈은 작은놈대로 큰놈은 큰놈대로 다 싱싱하니 보기 좋았다. 내려 비치는 오월 햇살에 금붕어들은 그릇 바탕에 그림자를 내려뜨렸다. 지느러미는 하늘하늘 손수건을 흔드는 흉내를 낸다. 나는 이 지느러미 수효를 헤어 보기도 하면서 굽힌 허리를 좀처럼 펴지 않았다. 등이 따뜻하다.

나는 또 오탁의 거리를 내려다보았다. 거기서는 피곤한 생활이 똑 금붕어 지느러미처럼 흐늑흐늑 허우적거렸다. 눈에 보이지 않는 끈적끈적한 줄에 엉켜서 헤어나지들을 못한다. 나는 피로와 공복 때문에 무너져 들어가는 몸뚱이를 끌고 그 오탁의 거리 속으로 섞여 가지 않는 수도 없다 생각하였다.

38

미쓰꼬시 : 일제 강점기 때 동화백화점을 부르던 말

39

나서서 나는 또 문득 생각하여 보았다. 이 발길이 지금 어디로 향하여 가는 것인가를……. 그때 내 눈앞에는 아내의 모가지가 벼락처럼 내려 떨어졌다. 아스피린과 아달린.

우리들은 서로 오해하고 있느니라. 설마 아내가 아스피린 대신에 아달린의 정량을 나에게 먹여왔을까? 나는 그것을 믿을 수는 없다. 아내가 대체 그럴 까닭이 없을 것이니, 그러면 나는 날밤을 새면서 도둑질을 계집질을 하였나? 정말이지 아니다.

우리 부부는 숙명적으로 발이 맞지 않는 절름발이인 것이다. 내나 아내나 제 거동에 로직을 붙일 필요는 없다. 변해할 필요도 없다. 사실은 사실대로 오해는 오해대로 그저 끝없이 발을 절뚝거리면서 세상을 걸어가면 되는 것이다. 그렇지 않을까?

그러나 나는 이 발길이 아내에게로 돌아가야 옳은가 이것만은 분간하기가 좀 어려웠다. 가야하나? 그럼 어디로 가나?

이때 뚜우 하고 정오 사이렌이 울었다. 사람들은 모두 네 활개를 펴고 닭처럼 푸드덕거리는 것 같고 온갖 유리와 강철과 대리석과 지폐와 잉크가 부글부글 끓고 수선을 떨고 하는 것 같은 찰나! 그야말로 현란을 극한 정오다.

나는 불현듯 겨드랑이가 가렵다. 아하, 그것은 내 인공의 날개가 돋았던 자국이다. 오늘은 없는 이 날개. 머릿속에서는 희망과 야심이 말소된 페이지가 딕셔너리 넘어가듯 번뜩였다.

나는 걷던 걸음을 멈추고 그리고 일어나 한 번 이렇게 외쳐보고 싶었다.

날개야 다시 돋아라.

날자. 날자. 한 번만 더 날자꾸나.

한 번만 더 날아 보자꾸나.

39

로직(logic) : 논리

딕셔너리(dictionary) : 사전

〈날개〉 필사를 위한 몇 가지 도움말

하나,

〈날개〉는 일반적인 문법구조와 일상의 기호체계를 부정하는 작품이다. 이렇게밖에 쓸 수 없는 시대상황 속에서 고도의 서사적 장치와 높은 예술적 경지를 이룩하면서, 우리 소설사에서 뚜렷한 업적을 남겼다고 평가받는다.

둘,

1936년 〈조광〉에 발표된 이 작품은, 오히려 오늘날에 읽기에 더욱 새로운 가치를 느낄 수 있는, 빛나는 작품이다.

셋,

이상의 본명은 김해경으로, 1910년 서울에서 출생하였다. 이상은 한국 시의 새로운 경지를 개척한 시인이며, 자의식 문학의 선구자로 일컬어진다. 1936년 젊은 나이로 요절했다.

넷,

〈날개〉에서 주인공이 겪는 현실은, 창조적 주체성을 드러낼 수 없는 시대에 부도덕한 억압을 알려주는 서사적 장치로 사용되었다. 억압과 모순의 시대 속에서 역설과 언어유희를 통한 지식인의 절망적 시선을 담고 있다.

다섯,

〈날개〉를 필사하며, 일반적인 문법에서 벗어난 '새로운' 소설적 감각을 익히게 된다. 개인의 의식의 흐름을 쫓는 소설은 동서를 막론하고 대체로 예술적으로 빛나는 작품인 경우가 많다.

여섯,

해가 들지 않는다. 해가 드는 것을 그들이 모른 체하는 까닭이다. 턱살밑에다 철줄을 매고 얼룩진 이부자리를 널어 말린다는 핑계로 미닫이에 해가 드는 것을 막아 버린다. 침침한 방안에서 낮잠들을 잔다. 그들은 밤에는 잠을 자지 않나? 알 수 없다.

일곱,

집으로 가야겠다. 아내에게 불행히 내객이 있거든 내 사정을 하리라. 사정을 하면 이렇게 비가 오는 것을 눈으로 보고 알아주겠지.

날개(원문)

'박제(剝製)가 되어 버린 천재'를 아시오? 나는 유쾌하오. 이런 때 연애까지가 유쾌하오.

육신이 흐느적흐느적하도록 피로했을 때만 정신이 은화처럼 맑소. 니코틴이 내 횟배 앓는 뱃속으로 스미면 머릿속에 으레 백지가 준비되는 법이오. 그 위에다 나는 위트와 파라독스를 바둑 포석처럼 늘어놓소. 가공할 상식의 병이오.

나는 또 여인과 생활을 설계하오. 연애기법에마저 서먹서먹해진 지성의 극치를 흘깃 좀 들여다본 일이 있는, 말하자면 일종의 정신분일자(정신이 제멋대로 노는 사람)말이오. 이런 여인의 반-그것은 온갖 것의 반이오.-만을 영수(받아들이는)하는 생활을 설계한다는 말이오. 그런 생활 속에 한 발만 들여놓고 흡사 두 개의 태양처럼 마주 쳐다보면서 낄낄거리는 것이오. 나는 아마 어지간히 인생의 제행(諸行)(일체의 행위)이 싱거워서 견딜 수가 없게끔 되고 그만둔 모양이오. 굿바이.

굿바이. 그대는 이따금 그대가 제일 싫어하는 음식을 탐식하는 아이러니를 실천해 보는 것도 좋을 것 같소. 위트와 파라독스와…….

그대 자신을 위조하는 것도 할 만한 일이오. 그대의 작품은 한 번도 본 일이 없는 기성품에 의하여 차라리 경편(輕便)하고(가뜬하여 쓰기에 손쉽고 편하고) 고매하리다.

19세기는 될 수 있거든 봉쇄하여 버리오. 도스토예프스키 정신이란 자칫하면 낭비일 것 같소. 위고를 불란서의 빵 한 조각이라고는 누가 그랬는지 지언(至言)(지당한 말)인 듯싶소. 그러나 인생 혹은 그 모형에 있어서 '디테일' 때문에 속는다거나 해서야 되겠소? 화를 보지 마오. 부디 그대께 고하는 것이니……

"테이프가 끊어지면 피가 나오. 생채기도 머지않아 완치될 줄 믿소. 굿바이."

감정은 어떤 '포우즈'. (그 '포우즈'의 원소만을 지적하는 것이 아닌지 나도 모르겠소.) 그 포우즈가 부동자세에까지 고도화할 때 감정은 딱 공급을 정지합네다.

나는 내 비범한 발육을 회고하여 세상을 보는 안목을 규정하였소.

여왕봉과 미망인-세상의 하고많은 여인이 본질적으로 이미 미망인이 아닌 이가 있으리까? 아니, 여인의 전부가 그 일상에 있어서 개개'미망인'이라는 내 논리가 뜻밖에도 여성에 대한 모험이 되오? 굿바이.

그 33번지라는 것이 구조가 흡사 유곽이라는 느낌이 없지 않다.

한 번지에 18가구가 죽 어깨를 맞대고 늘어서서 창호가 똑같고 아궁이 모양이 똑같다. 게다가 각 가구에 사는 사람들이 송이송이 꽃과 같이 젊다.

해가 들지 않는다. 해가 드는 것을 그들이 모른 체하는 까닭이다. 턱살밑에다 철줄을 매고 얼룩진 이부자리를 널어 말린다는 핑계로 미닫이에 해가 드는 것을 막아 버린다. 침침한 방안에서 낮잠들을 잔다. 그들은 밤에는 잠을 자지 않나? 알 수 없다. 나는 밤이나 낮이나 잠만 자느라고 그런 것을 알 길이 없다. 33번지 18가구의 낮은 참 조용하다.

조용한 것은 낮뿐이다. 어둑어둑하면 그들은 이부자리를 걷어 들인다. 전등불이 켜진 뒤의 18가구는 낮보다 훨씬 화려하다. 저물도록 미닫이 여닫는 소리가 잦다. 바빠진다. 여러 가지 냄새가 나기 시작한다. 비웃 굽는 내, 탕고도오랑 내, 뜨물 내, 비누 내.

그러나 이런 것들보다도 그들의 문패가 제일로 고개를 끄덕이게 하는 것이다.

이 18가구를 대표하는 대문이라는 것이 일각이 져서 외따로 떨어지기는 했으나, 있다. 그러나 그것은 한 번도 닫힌 일이 없는, 한길이나 마찬가지 대문인 것이다. 온갖 장사치들은 하루 가운데 어느 시간에라도 이 대문을 통하여 드나들 수 있는 것이다. 이네들은 문간에서 두부를 사는 것이 아니라, 미닫이를 열고 방에서 두부를 사는 것이다. 이렇게 생긴 33번지 대문에 그들 18가구의 문패를 몰아다 붙이는 것은 의미가 없다. 그들은 어느 사이엔가 각 미닫이 위 백인당이니 길상당이니 써 붙인 한 곁에다 문패를 붙이는 풍속을 가져 버렸다.

내 방 미닫이 위 한 곁에 칼표 딱지를 넷에다 낸 것 만한 내-아니! 내 아내의 명함이 붙어 있는 것도 이 풍속을 좇은 것이 아닐 수 없다.

나는 그러나 그들의 아무와도 놀지 않는다. 놀지 않을 뿐만 아니라 인사도 않는다. 나는 내 아내와 인사하는 외에 누구와도 인사하고 싶지 않았다. 내 아내 외의 다른 사람과 인사를 하거나 놀거나 하는 것은 내 아내 낯을 보아 좋지 않은 일인 것만 같이 생각이 되었기 때문이다. 나는 이만큼까지 내 아내를 소중히 생각한 것이다. 내가 이렇게까지 내 아내를 소중히 생각한 까닭은 이 33번지 18가구 속에서 내 아내가 내 아내의 명함처럼 제일 작고 제일 아름다운 것을 안 까닭이다. 18가구에 각기 빌어 들은 송이송이 꽃들 가운데서도 내 아내가 특히 아름다운 한 떨기의 꽃으로 이 함석지붕 밑 볕 안 드는 지역에서 어디까지든지 찬란하였다. 따라서 그런 한 떨기 꽃을 지키고-아니 그 꽃에 매어달려 사는 나라는 존재가 도무지 형언할 수 없는 거북살스러운 존재가 아닐 수 없었던 것은 물론이다.

나는 어디까지든지 내 방이-집이 아니다. 집은 없다.-마음에 들었다. 방안의 기온은 내 체온 을 위하여 쾌적하였고, 방안의 침침한 정도가 또한 내 안력을 위하여 쾌적하였다. 나는 내 방 이상의 서늘한 방도 또 따뜻한 방도 희망하지 않았다. 이 이상으로 밝거나 이 이상으로 아늑한 방은 원하지 않았다. 내 방은 나 하나를 위하여 요만한 정도를 꾸준히 지키는 것 같아 늘 내 방에 감사하였고, 나는 또 이런 방을 위하여 이 세상에 태어난 것만 같아서 즐거웠다.

그러나 이것은 행복이라든가 불행이라든가 하는 것을 계산하는 것은 아니었다. 말하자면 나는 내가 행복하다고도 생각할 필요가 없었고, 그렇다고 불행하다고도 생각할 필요가 없었다. 그냥 그날을 그저 까닭 없이 펀둥펀둥 게으르고만 있으면 만사는 그만이었던 것이다.

내 몸과 마음에 옷처럼 잘 맞는 방 속에서 뒹굴면서, 축 처져 있는 것은 행복이니 불행이니 하는 그런 세속적인 계산을 떠난, 가장 편리하고 안일한 말하자면 절대적인 상태인 것이다. 나는 이런 상태가 좋았다.

이 절대적인 내 방은 대문간에서 세어서 똑 일곱째 칸이다. 럭키 세븐의 뜻이 없지 않다. 나는 이 일곱이라는 숫자를 훈장처럼 사랑하였다. 이런 이 방이 가운데 장지로 말미암아 두 칸으로 나뉘어 있었다는 그것이 내 운명의 상징이었던 것을 누가 알랴? 아랫방은 그래도 해가 든다. 아침결에 책보만한 해가 들었다가 오후에 손수건만 해지면서 나가 버린다. 해가 영영 들지 않는 윗방이 즉 내 방인 것은 말할 것도 없다. 이렇게 볕드는 방이 아내 방이요, 볕 안 드는 방이 내 방이요 하고 아내와 나 둘 중에 누가 정했는지 나는 기억하지 못한다.

그러나 나에게는 불평이 없다.

아내가 외출만 하면 나는 얼른 아랫방으로 와서 그 동쪽으로 난 들창을 열어놓고 열어놓으면 들이비치는 햇살이 아내의 화장대를 비춰 가지각색 병들이 아롱이 지면서 찬란하게 빛나고, 이렇게 빛나는 것을 보는 것은 다시없는 내 오락이다. 나는 조그만 돋보기를 꺼내가지고 아내만이 사용하는 지리가미를 꺼내가지고 그을려 가면서 불장난을 하고 논다. 평행광선을 굴절시켜서 한 초점에 모아가지고 그 초점이 따끈따끈해지다가, 마지막에는 종이를 그을리기 시작하고, 가느다란 연기를 내면서 드디어 구멍을 뚫어놓는 데까지 이르는, 고 얼마 안 되는 동안의 초조한 맛이 죽고 싶을 만큼 내게는 재미있었다.

이 장난이 싫증이 나면 나는 또 아내의 손잡이 거울을 가지고 여러 가지로 논다. 거울이란 제 얼굴을 비칠 때만 실용품이다. 그 외의 경우에는 도무지 장난감인 것이다. 이 장난도 곧 싫증이 난다.

나의 유희심은 육체적인 데서 정신적인 데로 비약한다. 나는 거울을 내던지고 아내의 화장대 앞으로 가까이 가서 나란히 늘어 놓인 그 가지각색의 화장품 병들을 들여다본다. 고것들은 세상의무엇보다도 매력적이다. 나는 그 중의 하나만을 골라서 가만히 마개를 빼고 병 구멍을 내 코에 가져다 대고 숨죽이듯이 가벼운 호흡을 하여 본다. 이국적인 센슈얼한 향기가 폐로 스며들면 나는 저절로 스르르 감기는 내 눈을 느낀다. 확실히 아내의 체취의 파편이다.

나는 도로 병마개를 막고 생각해 본다. 아내의 어느 부분에서 요 냄새가 났던가를…… 그러나 그것은 분명하지 않다. 왜? 아내의 체취는 여기 늘어서 있는 가지각색 향기의 합계일 것이니까.

아내의 방은 늘 화려하였다. 내 방이 벽에 못 한 개 꽂히지 않은 소박한 것인 반대로, 아내 방에는 천장 밑으로 쫙 돌려 못이 박히고, 못마다 화려한 아내의 치마와 저고리가 걸렸다. 여러 가지 무늬가 보기 좋다. 나는 그 여러 조각의 치마에서 늘 아내의 동체와, 그 동체가 될 수 있는 여러 가지 포우즈를 연상하고 연상하면서 내 마음은 늘 점잖지 못하다.

그렇건만 나에게는 옷이 없었다. 아내는 내게 옷을 주지 않았다. 입고 있는 골덴양복 한 벌이 내 자리옷이었고 통상복과 나들이옷을 겸한 것이었다. 그리고 하이넥의 스웨터가 한 조각 사철을 통한 내 내의다. 그것들은 하나같이 다 빛이 검다. 그것은 내 짐작 같아서는 즉 빨래를 될 수 있는 데까지 하지 않아도 보기 싫지 않게 하기 위한 것이 아닌가 한다. 나는 허리와 두 가랑이 세군데 다-고무밴드가 끼어 있는 부드러운 사루 마다를 입고 그리고 아무 소리 없이 잘 놀았다.

어느덧 손수건만해졌던 볕이 나갔는데 아내는 외출에서 돌아오지 않는다. 나는 요만일에도 좀 피곤하였고 또 아내가 돌아오기 전에 내 방으로 가 있어야 될 것을 생각하고 그만 내 방으로 건너간다. 내 방은 침침하다. 나는 이불을 뒤집어쓰고 낮잠을 잔다. 한 번도 걷은 일이 없는 내 이부자리는 내 몸뚱이의 일부분처럼 내게는 참 반갑다. 잠은 잘 오는 적도 있다. 그러나 또 전신이 까칫까칫하면서 영 잠이 오지 않는 적도 있다. 그런 때는 아무 제목으로나 제목을 하나 골라서 연구하였다. 나는 내 좀 축축한 이불속에서 참 여러 가지 발명도 하였고 논문도 많이 썼다. 시도 많이 지었다. 그러나 그것들은 내가 잠이 드는 것과 동시에 내 방에 담겨서 철철 넘치는 그 흐늑흐늑한 공기에다 비누처럼 풀어져서 온데간데없고, 한잠 자고 깨인 나는 속이 무명헝겊이나 메밀껍질로 띵띵 찬 한 덩어리 베개와도 같은 한 벌 신경이었을 뿐이고 뿐이고 하였다.

그러기에 나는 빈대가 무엇보다도 싫었다. 그러나 내 방에서는 겨울에도 몇 마리의 빈대가 끊이지 않고 나왔다. 내게 근심이 있었다면 오직 이 빈대를 미워하는 근심일 것이다. 나는 빈대에게 물려서 가려운 자리를 피가 나도록 긁었다. 쓰라리다. 그것은 그윽한 쾌감에 틀림없었다. 나는 혼곤히 잠이 든다.

나는 그러나 그런 이불 속의 사색 생활에서도 적극적인 것을 궁리하는 법이 없다. 내게는 그럴 필요가 대체 없었다. 만일 내가 그런 좀 적극적인 것을 궁리해내었을 경우에 나는 반드시 내 아내 와 의논하여야 할 것이고, 그러면 반드시 나는 아내에게 꾸지람을 들을 것이고-나는 꾸지람이 무서웠다느니 보다는 성가셨다. 내가 제법 한 사람의 사회인의 자격으로 일을 해 보는 것도 아내에게 사설 듣는 것도 나는 가장 게으른 동물처럼 게으른 것이 좋았다. 될 수만 있으면 이 무의미한 인간의 탈을 벗어 버리고도 싶었다.

나에게는 인간 사회가 스스러웠다. 생활이 스스러웠다. 모두가 서먹서먹할 뿐이었다.

아내는 하루에 두 번 세수를 한다.

나는 하루 한 번도 세수를 하지 않는다.

나는 밤중 세 시나 네 시쯤 해서 변소에 갔다.

달이 밝은 밤에는 한참씩 마당에 우두커니 섰다가 들어오곤 한다. 그러니까 나는 이 18가구의 아무와도 얼굴이 마주치는 일이 거의 없다. 그러면서도 나는 이 18가구의 젊은 여인네 얼굴들을 거반 다 기억하고 있었다. 그들은 하나 같이 내 아내만 못하였다.

열한 시쯤 해서 하는 아내의 첫 번 세수는 좀 간단하다. 그러나 저녁 일곱 시쯤 해서 하는 두 번째 세수는 손이 많이 간다. 아내는 낮에 보다도 밤에 더 좋고 깨끗한 옷을 입는다. 그리고 낮에도 외출하고 밤에도 외출하였다.

아내에게 직업이 있었던가? 나는 아내의 직업이 무엇인지 알 수 없다. 만일 아내에게 직업이 없었다면 같이 직업이 없는 나처럼 외출할 필요가 생기지 않을 것인데- 아내는 외출한다. 외출할 뿐만 아니라 내객이 많다. 아내에게 내객이 많은 날은 나는 온종일 내 방에서 이불을 쓰고 누워 있어야만 된다.

불장난도 못한다. 화장품 냄새도 못 맡는다. 그런 날은 나는 의식적으로 우울해 하였다. 그러면 아내는 나에게 돈을 준다. 오십 전짜리 은화다. 나는 그것이 좋았다.

그러나 그것을 무엇에 써야 옳을지 몰라서 늘 머리맡에 던져두고 두고 한 것이 어느 결에 모여서 꽤 많아졌다 어느 날 이것을 본 아내는 금고처럼 생긴 벙어리를 사다 준다.

나는 한 푼씩 한 푼씩 그 속에 넣고 열쇠는 아내가 가져갔다. 그 후에도 나는 더러 은화를 그 벙어리에 넣은 것을 기억한다. 그리고 나는 게을렀다. 얼마 후 아내의 머리 쪽에 보지 못하던 누깔잠이 하나 여드름처럼 돋았던 것은 바로 그 금고형 벙어리의 무게가 가벼워졌다는 증거일까. 그러나 나는 드디어 머리맡에 놓았던 그 벙어리에 손을 대지 않고 말았다. 내 게으름은 그런 것에 내 주의를 환기시키기도 싫었다.

아내에게 내객이 있는 날은 이불 속으로 암만 깊이 들어가도 비오는 날만큼 잠이 잘 오지 않았다. 나는 그런 때 나에게 왜 늘 돈이 있나 왜 돈이 많은가를 연구했다. 내객들은 장지 저쪽에 내가 있는 것을 모르나보다. 내 아내와 나도 좀 하기 어려운 농을 아주 서슴지 않고 쉽게 해 던지는 것이다. 그러나 내 아내를 찾은 서너 사람의 내객들은 늘 비교적 점잖았다고 볼 수 있는 것이, 자정이 좀 지나면 으레 돌아들 갔다.

그들 가운데에는 퍽 교양이 얕은 자도 있는 듯싶었는데, 그런 자는 보통 음식을 사다 먹고 논다.

그래서 보충을 하고 대체로 무사하였다. 나는 우선 아내의 직업이 무엇인가를 연구하기에 착수하였으나 좁은 시야와 부족한 지식으로는 이것을 알아내기 힘이 든다. 나는 끝끝내 내 아내의 직업이 무엇인가를 모르고 말려나보다.

아내는 늘 진솔 버선만 신었다. 아내는 밥도 지었다. 아내가 밥을 짓는 것을 나는 한 번도 구경한 일은 없으나 언제든지 끼니때면 내 방으로 내 조석밥을 날라다 주는 것이다. 우리 집에는 나와 내 아내 외의 다른 사람은 아무도 없다. 이 밥은 분명 아내가 손수 지었음에 틀림없다.

그러나 아내는 한 번도 나를 자기 방으로 부른 일은 없다. 나는 늘 웃방에서나 혼자서 밥을 먹고 잠을 잤다.

밥은 너무 맛이 없었다. 반찬이 너무 엉성하였다. 나는 닭이나 강아지처럼 말없이 주는 모이를 넓적넓적 받아먹기는 했으나 내심 야속하게 생각한 적도 더러 없지 않다.

나는 안색이 여지없이 창백해가면서 말라 들어갔다. 나날이 눈에 보이듯이 기운이 줄어들었다. 영양 부족으로 하여 몸뚱이 곳곳의 뼈가 불쑥불쑥 내어 밀었다. 하룻밤 사이에도 수십 차를 돌쳐 눕지 않고는 여기저기가 배겨서 나는 배겨낼 수가 없었다.

그렇기 때문에 나는 내 이불 속에서 아내가 늘 흔히 쓸 수 있는 저 돈의 출처를 탐색해 내는 일변 장지 틈으로 새어나오는 아랫방의 음성은 무엇일까를 간단히 연구하였다.

나는 잠이 잘 안 왔다.

깨달았다. 아내가 쓰는 그 돈은 내게는 다만 실없는 사람들로밖에 보이지 않는 까닭모를 내객들이 놓고 가는 것이 틀림없으리라는 것을 깨달았다.

그러나 왜 그들 내객은 돈을 놓고 가나? 왜 내 아내는 그 돈을 받아야 되나? 하는 예의 관념이 내게는 도무지 알 수 없는 것이었다.

그것은 그저 예의에 지나지 않는 것일까? 그렇지 않으면 혹 무슨 대가일까? 보수일까? 내 아내가 그들의 눈에는 동정을 받아야만 할 한 가엾은 인물로 보였던가? 이런 것들을 생각하노라면 으레 내 머리는 그냥 혼란하여 버리고 버리고 하였다. 잠들기 전에 획득했다는 결론이 오직 불쾌하다는 것뿐이었으면서도 나는 그런 것을 아내에게 물어보거나 한 일이 참 한 번도 없다. 그것은 대체 귀찮기도 하려니와 한잠 자고 일어나는 나는 사뭇 딴 사람처럼 이것도 저것도 다 깨끗이 잊어버리고 그만 두는 까닭이다.

내객들이 돌아가고, 혹 외출에서 돌아오고 하면 아내는 간편한 것으로 옷을 바꾸어 입고 내 방으로 나를 찾아온다. 그리고 이불을 들치고 내 귀에는 영 생동생동한 몇 마디 말로 나를 위로하려든다. 나는 조소도 고소도 홍소도 아닌 웃음을 얼굴에 띠고 아내의 아름다운 얼굴을 쳐다본다. 아내는 방그레 웃는다. 그러나 그 얼굴에 떠도는 일말의 애수를 나는 놓치지 않는다.

아내는 능히 내가 배고파하는 것을 눈치 챌 것이다. 그러나 아랫방에서 먹고 남은 음식을 나에게 주려 들지는 않는다. 그것은 어디까지든지 나를 존경하는 마음일 것임에 틀림없다. 나는 배가 고프면서도 적이 마음이 든든한 것을 좋아

했다. 아내가 무엇이라고 지껄이고 갔는지 귀에 남아 있을 리가 없다. 다만 내 머리맡에 아내가 놓고 간 은화가 전등불에 흐릿하게 빛나고 있을 뿐이다.

고 금고형 벙어리 속에 은화가 얼마만큼이나 모였을까? 나는 그러나 그것을 쳐들어 보지 않았다. 그저 아무런 의욕도 기원도 없이 그 단추 구멍처럼 생긴 틈바구니로 은화를 떨어뜨려 둘 뿐이었다.

왜 아내의 내객들이 아내에게 돈을 놓고 가나 하는 것이 풀 수 없는 의문인 것같이, 왜 아내는 나에게 돈을 놓고 가나 하는 것도 역시 나에게는 똑같이 풀 수 없는 의문이었다.

내 비록 아내가 내게 돈을 놓고 가는 것이 싫지 않았다 하더라도 그것은 다만 고것이 내 손가락 닿는 순간에서부터 고 벙어리 주둥이에서 자취를 감추기까지의 하잘것없는 짧은 촉각이 좋았달 뿐이지 그 이상 아무 기쁨도 없다.

어느 날 나는 고 벙어리를 변소에 갖다 넣어 버렸다. 그때 벙어리 속에는 몇 푼이나 되는지 모르겠으나 고 은화들이 꽤 들어 있었다.

나는 내가 지구 위에 살며 내가 이렇게 살고 있는 지구가 질풍신뢰의 속력으로 광대무변의 공간을 달리고 있다는 것을 생각했을 때 참 허망하였다. 나는 이렇게 부지런한 지구 위에서는 현기증도 날 것 같고 해서 한시바삐 내려 버리고 싶었다.

이불 속에서 이런 생각을 하고 난 뒤에는 나는 고 은화를 고 벙어리에 넣고 넣고 하는 것조차 귀찮아졌다. 나는 아내가 손수 벙어리를 사용하였으면 하고 생각하였다.

벙어리도 돈도 사실은 아내에게만 필요한 것이지 내게는 애초부터 의미가 전연 없는 것이었으니까 될 수만 있으면 그 벙어리를 아내는 아내 방으로 가져갔으면 하고 기다렸다.

그러나 아내는 가져가지 않는다. 나는 내가 아내 방으로 가져다 둘까 하고 생각하여 보았으나 그 즈음에는 아내의 내객이 워낙 많아서 내가 아내 방에 가볼 기회가 도무지 없었다. 그래서 나는 하 는 수 없이 변소에 갖다 집어넣어 버리고 만 것이다.

나는 서글픈 마음으로 아내의 꾸지람을 기다렸다. 그러나 아내는 끝내 아무 말도 하지 않았다.

않았을 뿐 아니라 여전히 돈은 돈대로 머리맡에 놓고 가지 않나! 내 머리맡에는 어느덧 은화가 꽤 많이 모였다.

내객이 아내에게 돈을 놓고 가는 것이나 아내가 내게 돈을 놓고 가는 것이나 일종의 쾌감-그 외의 다른 아무런 이유도 없는 것이 아닐까 하는 것을 나는 또 이불 속에서 연구하기 시작하였다.

쾌감이라면 어떤 종류의 쾌감일까를 계속하여 연구하였다. 그러나 그것은 이불 속의 연구로는 알 길이 없었다. 쾌감, 쾌감, 하고 나는 뜻밖에도 이 문제에 대해서만 흥미를 느꼈다.

아내는 물론 나를 늘 감금하여 두다시피 하여 왔다. 내게 불평이 있을 리 없다. 그런 중에도 나는 그 쾌감이라는 것의 유무를 체험하고 싶었다.

나는 아내의 밤 외출 틈을 타서 밖으로 나왔다. 나는 거리에서 잊어버리지 않고 가지고 나온 은화를 지폐로 바꾼다. 오 원이나 된다. 그것을 주머니에 넣고 나는 목적지를 잃어버리기 위하여 얼마든지 거리를 쏘다녔다. 오래간만에 보는 거리는 거의 경이에 가까울 만큼 내 신경을 흥분시키지 않고는 마지않았다. 나는 금시에 피곤하여 버렸다.

그러나 나는 참았다. 그리고 밤이 이슥하도록 까닭을 잃어버린 채 이 거리 저

거리로 지향 없이 헤매었다. 돈은 물론 한 푼도 쓰지 않았다. 돈을 쓸 아무 엄두도 나서지 않았다. 나는 벌써 돈을 쓰는 기능을 완전히 상실한 것 같았다.

나는 과연 피로를 이 이상 견디기가 어려웠다. 나는 가까스로 내 집을 찾았다. 나는 내 방을 가려면 아내 방을 통과하지 않으면 안 될 것을 알고, 아내에게 내객이 있나 없나를 걱정하면서 미닫이 앞에서 좀 거북살스럽게 기침을 한 번 했더니, 이것은 참 또 너무도 암상스럽게 미닫이가 열리면서 아내의 얼굴과 그 등 뒤에 낯선 남자의 얼굴이 이쪽을 내다보는 것이다. 나는 별안간 내어 쏟아지는 불빛에 눈이 부셔서 좀 머뭇머뭇했다.

나는 아내의 눈초리를 못 본 것은 아니다. 그러나 나는 모른 체하는 수밖에 없었다.

왜? 나는 어쨌든 아내의 방을 통과하지 아니하면 안 되니까…….

나는 이불을 뒤집어썼다. 무엇보다도 다리가 아파서 견딜 수가 없었다.

이불 속에서는 가슴이 울렁거리면서 암만해도 까무러칠 것만 같았다. 걸을 때는 몰랐더니 숨이 차다. 등에 식은땀이 쭉 내배인다. 나는 외출한 것을 후회하였다. 이런 피로를 잊고 어서 잠이 들었으면 좋았다. 한잠 잘 자고 싶었다.

얼마동안이나 비스듬히 엎드려 있었더니 차츰차츰 뚝딱 거리는 가슴 동계가 가라앉는다. 그만해도 우선 살 것 같았다. 나는 몸을 들쳐 반듯이 천장을 향하여 눕고 쭈욱 다리를 뻗었다.

그러나 나는 또다시 가슴의 동계를 피할 수 없게 되었다. 아랫방에서 아내와 그 남자의 내 귀에도 들리지 않을 만큼 낮은 목소리로 소곤거리는 기척이 장지 틈으로 전하여 왔던 것이다. 청각을 더 예민하게 하기 위하여 나는 눈을 떴다. 그리고 숨을 죽였다.

그러나 그 때는 벌써 아내와 남자는 앉았던 자리를 툭툭 털고 일어섰고 일어서면서 옷과 모자 쓰는 기척이 나는 듯하더니 이어 미닫이가 열리고 구두 뒤축 소리가 나고 그리고 뜰에 내려서는 소리 가 쿵 하고 나면서 뒤를 따르는 아내의 고무신 소리가 두어 발짝 찍찍나고 사뿐사뿐 나나 하는 사이에 두 사람의 발소리가 대문 쪽으로 사라졌다.

나는 아내의 이런 태도를 본 일이 없다. 아내는 어떤 사람과도 결코 소곤거리는 법이 없다. 나는 웃방에서 이불을 쓰고 누워있는 동안에도 혹 술이 취해서 혀가 잘 돌아가지 않는 내객들의 담화는 더러 놓치는 수가 있어도 아내의 높지도 낮지도 않은 말소리는 일찍이 한마디도 놓쳐 본 일이 없다.

더러 내 귀에 거슬리는 소리가 있어도 나는 그것이 태연한 목소리로 내 귀에 들렸다는 이유로 충분히 안심이 되었다.

그렇던 아내의 이런 태도는 필시 그 속에 여간하지 않은 사정이 있는 듯 시피 생각이 되고 내 마음은 좀 서운했으나 그보다도 나는 좀 너무 피로해서 오늘만은 이불 속에서 아무것도 연구하지 않기로 굳게 결심하고 잠을 기다렸다. 낮잠은 좀처럼 오지 않았다. 대문간에 나간 아내도 좀처럼 들어오지 않았다. 그러는 동안에 흐지부지 나는 잠이 들어 버렸다. 꿈이 얼쑹덜쑹 종을 잡을 수 없는 거리의 풍경을 여전히 헤매었다.

나는 몹시 흔들렸다. 내객을 보내고 들어온 아내가 잠든 나를 잡아 흔드는 것이다. 나는 눈을 번쩍 뜨고 아내의 얼굴을 쳐다보았다. 아내의 얼굴에는 웃음이 없다. 나는 좀 눈을 비비고 아내의 얼굴을 자세히 보았다. 노기가 눈초리에 떠서 얇은 입술이 바르르 떨린다. 좀처럼 이 노기가 풀리기는 어려울 것 같았다. 나는 그대로 눈을 감아 버렸다. 벼락이 내리기를 기다린 것이다. 그러나 쌔근 하는 숨소리가 나면서 부스스 아내의 치맛자락 소리가 나고 장지가 여닫히며 아내는 아내 방으로 돌아갔다.

나는 다시 몸을 돌쳐 이불을 뒤집어쓰고는 개구리처럼 엎드리고 엎드려서 배가 고픈 가운데도 오늘밤의 외출을 또 한 번 후회하였다.

나는 이불 속에서 아내에게 사죄하였다. 그것은 네 오해라고…… 나는 사실 밤이 퍽이나 이슥한 줄만 알았던 것이다. 그것이 네 말마따나 자정 전인지는 정말이지 꿈에도 몰랐다. 나는 너무 피곤하였다. 오래간만에 나는 너무 많이 걸은 것이 잘못이다.

내 잘못이라면 잘못은 그것 밖에 없다. 외출은 왜 하였더냐고? 나는 그 머리맡에 저절로 모인 오 원 돈을 아무에게라도 좋으니 주어보고 싶었던 것이다. 그 뿐이다. 그러나 그것도 내 잘못이라면 나는 그렇게 알겠다. 나는 후회하고 있지 않나? 내가 그 오 원 돈을 써 버릴 수가 있었던들 나는 자정 안에 집에 돌아올 수 없었을 것이다. 그러나 거리는 너무 복잡하였고 사람은 너무도 들끓었다. 나는 어느 사람을 붙들고 그 오 원 돈을 내어 주어야할지 갈피를 잡을 수가 없었다. 그러는 동안에 나는 여지없이 피곤해 버리고 말았던 것이다.

나는 무엇보다도 좀 쉬고 싶었다. 눕고 싶었다. 그래서 나는 하는 수 없이 집으로 돌아온 것이다. 내 짐작 같아서는 밤이 어지간히 늦은 줄만 알았는데, 그것이 불행히도 자정 전이었다는 것은 참 안된 일이다. 미안한 일이다. 나는 얼마든지 사죄하여도 좋다. 그러나 종시 아내의 오해를 풀지 못하였다하면 내가 이렇게까지 사죄하는 보람은 그럼 어디 있나? 한심하였다.

한 시간 동안을 나는 이렇게 초조하게 굴지 않으면 안 되었다. 나는 이불을 홱 젖혀 버리고 일어나서 장지를 열고 아내 방으로 비칠비칠 달려갔던 것이다. 내게는 거의 의식이라는 것이 없었다.

나는 아내 이불 위에 엎드러지면서 바지 포켓 속에서 그 돈 오 원을 꺼내 아내 손에 쥐어 준 것을 간신히 기억할 뿐이다.

이튿날 잠이 깨었을 때 나는 내 아내 방 아내 이불 속에 있었다. 이것이 이 33번지에서 살기 시작한 이래 내가 아내 방에서 잔 맨 처음이었다.

해가 들창에 훨씬 높았는데 아내는 이미 외출하고 벌써 내 곁에 있지는 않다. 아니! 아내는 엊저녁 내가 의식을 잃은 동안에 외출한 것인지도 모른다. 그러나 나는 그런 것을 조사하고 싶지 않았다. 다만 전신이 찌뿌드드한 것이 손가락 하나 꼼짝할 힘조차 없었다. 책보보다 좀 작은 면적의 볕이 눈이 부시다. 그 속에서 수없이 먼지가 흡사 미생물처럼 난무한다. 코가 콱 막히는 것 같다. 나는 다시 눈을 감고 이불을 푹 뒤집어쓰고 낮잠을 자기에 착수하였다. 그러나 코를 스치는 아내의 체취는 꽤 도발적이었다. 나는 몸을 여러 번 여러 번 비비꼬면서 아내의 화장대에 늘어선 고 가지각색 화장품 병들의 마개를 뽑았을 때 풍기는 냄새를 더듬느라고 좀처럼 잠은 들지 않는 것을 나는 어찌하는 수도 없었다.

견디다 못하여 나는 그만 이불을 걷어차고 벌떡 일어나서 내 방으로 갔다. 내 방에는 다 식어 빠진 내 끼니가 가지런히 놓여 있는 것이다. 아내는 내 모이를 여기다 두고 나간 것이다. 나는 우선 배가 고팠다. 한 숟갈을 입에 떠 넣었을 때 그 촉감은 참 너무도 냉회와 같이 써늘하였다. 나는 숟갈을 놓고 내 이불 속으로 들어갔다. 하룻밤을 비었던 내 이부자리는 여전히 반갑게 나를 맞아준다. 나는 내 이불을 뒤집어쓰고 이번에는 참 늘어지게 한잠 잤다. 잘-

내가 잠을 깬 것은 전등이 켜진 뒤다. 그러나 아내는 아직도 돌아오지 않았나보다.

아니! 돌아왔다 또 나갔는지 알 수 없다. 그러나 그런 것을 상고하여 무엇하나? 정신이 한결 난다. 나는 밤일을 생각해 보았다. 그 돈 오 원을 아내 손에 쥐어 주고 넘어졌을 때에 느낄 수 있었던 쾌감을 나는 무엇이라고 설명할 수가 없었다. 그러나 내객들이 내 아내에게 돈 놓고 가는 심리며 내 아내가 내게 돈 놓고 가는 심리의 비밀을 나는 알아낸 것 같아서 여간 즐거운 것이 아니다.

나는 속으로 빙그레 웃어 보았다.

이런 것을 모르고 오늘까지 지내온 내 자신이 어떻게 우스꽝스럽게 보이는지 몰랐다.

따라서 나는 또 오늘 밤에도 외출하고 싶었다. 그러나 돈이 없다. 나는 또 엊저녁에 그 돈 오 원을 한꺼번에 아내에게 주어버린 것을 후회하였다. 또 고 벙어리를 변소에 갖다 처넣어 버린 것도 후회하였다. 나는 실없이 실망하면서 습관처럼 그 돈 오 원이 들어있던 내 바지 포켓에 손을 넣어 한번 휘둘러보았다. 뜻밖에도 내 손에 쥐어지는 것이 있었다. 이 원 밖에 없다. 그러나 많아야 맛은 아니다. 얼마간이고 있으면 된다. 나는 그만한 것이 여간 고마운 것이 아니었다.

나는 기운을 얻었다. 나는 그 단벌 다 떨어진 골덴 양복을 걸치고 배고픈 것도 주제 사나운 것도 다 잊어버리고 활갯짓을 하면서 또 거리로 나섰다. 나서면서 나는 제발 시간이 화살 단듯해서 자정이 어서 홱 지나버렸으면 하고 조바심을 태웠다. 아내에게 돈을 주고 아내 방에서 자보는 것은 어디까지든지 좋았지만 만일 잘못해서 자정 전에 집에 들어갔다가 아내의 눈총을 맞는 것은 그것은 여간 무서운 일이 아니었다.

나는 저물도록 길가 시계를 들여다보고 들여다보고 하면서 또 지향 없이 거리를 방황하였다. 그러나 이날은 좀처럼 피곤하지는 않았다. 다만 시간이 좀 너무 더디게 가는 것만 같아서 안타까웠다.

경성역(京城驛) 시계가 확실히 자정을 지난 것을 본 뒤에 나는 집을 향하였다. 그날은 그 일각대 문에서 아내와 아내의 남자가 이야기하고 섰는 것을 만났다. 나는 모른 체하고 두 사람 곁을 지나서 내 방으로 들어갔다. 뒤이어 아내도 들어왔다. 와서는 이 밤중에 평생 안 하던 쓰레질을 하는 것이었다. 조금 있다가 아내가 눕는 기척을 엿보자마자 나는 또 장지를 열고 아내 방으로 가서 그 돈 이 원을 아내 손에 덥석 쥐어 주고 그리고-하여간 그 이 원을 오늘 밤에도 쓰지 않고 도로 가져온 것이 참 이상하다는 듯이 아내는 내 얼굴을 몇 번이고 엿보고-아내는 드디어 아무 말도 없이 나를 자기 방에 재워 주었다. 나는 이 기쁨을 세상의 무엇과도 바꾸고 싶지는 않았다.

나는 편히 잘 잤다.

이튿날도 내가 잠이 깨었을 때는 아내는 보이지 않았다. 나는 또 내 방으로 가서 피곤한 몸이 낮잠을 잤다. 내가 아내에게 흔들려 깨었을 때는 역시 불이 들어온 뒤였다. 아내는 자기 방으로 나를 오라는 것이다. 이런 일은 또 처음이다. 아내는 끊임없이 얼굴에 미소를 띠고 내 팔을 이끄는 것이다. 나는 이런 아내의 태도 이면에 엔간치 않은 음모가 숨어 있지나 않은가 하고 적이 불안을 느끼지 않을 수 없었다.

나는 아내의 하자는 대로 아내의 방으로 끌려갔다. 아내 방에는 저녁 밥상이 조촐하게 차려져있는 것이다. 생각하여보면 나는 이틀을 굶었다. 나는 지금 배고픈 것까지도 긴가민가 잊어버리고 어름어름하던 차다.

나는 생각하였다. 이 최후의 만찬을 먹고 나자마자 벼락이 내려도 나는 차라리 후회하지 않을 것을. 사실 나는 인간 세상이 너무나 심심해서 못 견디겠던 차다. 모든 것이 성가시고 귀찮았으나 그러나 불의의 재난이라는 것은 즐겁다.

나는 마음을 턱 놓고 조용히 아내와 마주 이 해괴한 저녁밥을 먹었다.

우리 부부는 이야기하는 법이 없었다. 밥을 먹은 뒤에도 나는 말이 없이 부스스 일어나서 내 방으로 건너가 버렸다. 아내는 나를 붙잡지 않았다. 나는 벽에 기대어 앉아서 담배를 한 대 피워 물고 그리고 벼락이 떨어질 테거든 어서 떨어져라 하고 기다렸다.

오 분! 십 분!

그러나 벼락은 내리지 않았다. 긴장이 차츰 풀어지기 시작한다. 나는 어느덧 오늘 밤에도 외출할 것을 생각하고 있었다. 돈이 있었으면 하고 생각하고 있었다.

그러나 돈은 확실히 없다. 오늘은 외출하여도 나중에 올 무슨 기쁨이 있나? 내 앞이 그저 아뜩하였다. 나는 화가 나서 이불을 뒤집어쓰고 이리 뒹굴 저리 뒹굴 굴렀다. 금시 먹은 밥이 목으로 자꾸 치밀어 올라온다. 메스꺼웠다.

하늘에서 얼마라도 좋으니 왜 지폐가 소낙비처럼 퍼붓지 않나? 그것이 그저 한없이 야속하고 슬펐다.

나는 이렇게밖에 돈을 구하는 아무런 방법도 알지는 못했다. 나는 이불 속에서 좀 울었나 보다.

왜 없느냐면서……

그랬더니 아내가 또 내 방에를 왔다. 나는 깜짝 놀라 아마 이제서야 벼락이 내리려나보다 하고 숨을 죽이고 두꺼비 모양으로 엎드려 있었다. 그러나 떨어진 입을 새어나오는 아내의 말소리는 참 부드러웠다. 정다웠다. 아내는 내가 왜 우는지를 안다는 것이다. 돈이 없어서 그러는 게 아니란다.

나는 실없이 깜짝 놀랐다. 어떻게 사람의 속을 환하게 들여다보는고 해서 나는 한편으로 슬그머니 겁도 안 나는 것은 아니었으나 저렇게 말하는 것을 보면 아마 내게 돈을 줄 생각이 있나보다, 만일 그렇다면 오죽이나 좋은 일일까. 나는 이불 속에 똘똘 말린 채 고개도 들지 않고 아내의 다음 거동을 기다리고 있으니까 '옜소'하고 내 머리맡에 내려뜨리는 것은 그 가뿐한 음향으로 보아 지폐에 틀림없었다. 그리고 내 귀에다 대고 오늘일랑 어제보다도 늦게 돌아와도 좋다고 속삭이는 것이다.

그것은 어렵지 않다. 우선 그 돈이 무엇보다도 고맙고 반가웠다.

어쨌든 나섰다. 나는 좀 야맹증이다. 그래서 될 수 있는 대로 밝은 거리로 돌아다니기로 했다.

그리고는 경성역 일이등 대합실 한 곁 티이루움에를 들렀다. 그것은 내게는 큰 발견이었다. 거기는 우선 아무도 아는 사람이 안 온다. 설사 왔다가도 곧 돌아가니까 좋다. 나는 날마다 여기 와서 시간을 보내리라 속으로 생각하여 두었다. 제일 여기 시계가 어느 시계보다도 정확하리라는 것이 좋았다. 섣불리 서투른 시계를 보고 그것을 믿고 시간 전에 집에 돌아갔다가 큰 코를 다쳐서는 안 된다.

나는 한 복스에 아무것도 없는 것과 마주 앉아서 잘 끓은 커피를 마셨다. 총총한 가운데 여객들은 그래도 한 잔 커피가 즐거운가보다. 얼른얼른 마시고 무얼 좀 생각하는 것같이 담벼락도 좀 쳐다보고 하다가 곧 나가 버린다. 서글프다. 그러나 내게는 이 서글픈 분위기가 거리의 티이루움들의 그 거추장스러운 분위기보다는 절실하고 마음에 들었다. 이따금 들리는 날카로운 혹은 우렁찬 기적 소리가 모차르트보다도 더 가깝다.

나는 메뉴에 적힌 몇 가지 안 되는 음식 이름을 치읽고 내리읽고 여러 번 읽었다. 그것들은 아물아물하는 것이 어딘가 내 어렸을 때 동무들 이름과 비슷한 데가 있었다.

거기서 얼마나 내가 오래 앉았는지 정신이 오락가락하는 중에 객이 슬며시 뜸해지면서 이 구석 저 구석 걷어치우기 시작하는 것을 보면 아마 닫는 시간이 된 모양이다. 열 한 시가 좀 지났구나, 여기도 결코 내 안주의 곳은 아니구나, 어디 가서 자정을 넘길까? 두루 걱정을 하면서 나는 밖으로 나섰다. 비가 온다.

빗발이 제법 굵은 것이 우비도 우산도 없는 나를 고생을 시킬 작정이다. 그렇다고 이런 괴이한 풍모를 차리고 이 홀에서 어물어물하는 수도 없고 에이 비를 맞으면 맞았지 하고 그냥 나서 버렸다.

대단히 선선해서 견딜 수가 없다. 골덴 옷이 젖기 시작하더니 나중에는 속속들이 스며들면서 추근거린다. 비를 맞아가면서라도 견딜 수 있는 데까지 거리를 돌아다녀서 시간을 보내려 하였으나, 인제는 선선해서 이 이상은 더 견딜 수가 없다. 오한이 자꾸 일어나면서 이가 딱딱 맞부딪는다. 나는 걸음을 늦추면서 생각하였다. 오늘 같은 궂은 날도 아내에게 내객이 있을라구? 없겠지, 하는 생각이 드는 것이다.

집으로 가야겠다. 아내에게 불행히 내객이 있거든 내 사정을 하리라. 사정을 하면 이렇게 비가 오는 것을 눈으로 보고 알아주겠지.

부리나케 와 보니까 그러나 아내에게는 내객이 있었다. 나는 너무 춥고 척척해서 얼떨결에 노크하는 것을 잊었다. 그래서 나는 보면 아내가 덜 좋아할 것을 그만 보았다.

나는 감발자국 같은 발자국을 내면서 덤벙덤벙 아내 방을 디디고 내 방으로 가서 쭉 빠진 옷을 활활 벗어 버리고 이불을 뒤썼다. 덜덜덜덜 떨린다. 오한이 점점 더 심해 들어온다. 여전 땅이 꺼져 들어가는 것만 같았다. 나는 그만 의식을 잃어버리고 말았다.

이튿날 내가 눈을 떴을 때 아내는 내 머리맡에 앉아서 제법 근심스러운 얼굴이다.

나는 감기가 들었다. 여전히 으스스 춥고 또 골치가 아프고 입에 군침이 도는 것이 씁쓸하면서 팔다리가 척 늘어져서 노곤하다. 아내는 내 머리를 쓱 짚어 보더니 약을 먹어야지 한다. 아내 손이 이마에 선뜻한 것을 보면 신열이 어지간한 모양인데 약을 먹는다면 해열제를 먹어야지 하고 속생각을 하자니까 아내는 따뜻한 물에 하얀 정제약 네 개를 준다. 이것을 먹고 한잠 푹 자고나면 괜찮다는 것이다. 나는 널름 받아먹었다. 쌉싸름한 것이 짐작 같아서는 아마 아스피린인가 싶다.

나는 다시 이불을 쓰고 단번에 그냥 죽은 것처럼 잠이 들어버렸다.

나는 콧물을 훌쩍훌쩍 하면서 여러 날을 앓았다. 앓는 동안에 끊이지 않고 그 정제약을 먹었다. 그러는 동안에 감기도 나았다. 그러나 입맛은 여전히 소태처럼 썼다.

나는 차츰 또 외출하고 싶은 생각이 났다. 그러나 아내는 나더러 외출하지 말라고 이르는 것이다. 이 약을 날마다 먹고 그리고 가만히 누워 있으라는 것이다. 공연히 외출을 하다가 이렇게 감기가 들어서 저를 고생시키는 게 아니란다. 그도 그렇다. 그럼 외출을 하지 않겠다고 맹세하고 그 약을 연복하여 몸을 좀 보해 보리라고 나는 생각하였다.

나는 날마다 이불을 뒤집어쓰고 밤이나 낮이나 잤다. 유난스럽게 밤이나 낮이나 졸려서 견딜 수가 없는 것이다. 나는 이렇게 잠이 자꾸만 오는 것은 내가 몸이 훨씬 튼튼해진 증거라고 굳게 믿었다.

나는 아마 한 달이나 이렇게 지냈나보다. 내 머리와 수염이 좀 너무 자라서 후텃해서 견딜 수가 없어서 내 거울을 좀 보리라고 아내가 외출한 틈을 타서 나는 아내 방으로 가서 아내의 화장대 앞에 앉아 보았다. 상당하다. 수염과 머리가 참 상당하였다.

오늘은 이발을 좀 하리라고 생각하고 겸사겸사 고 화장품 병들 마개를 뽑고 이것저것 맡아 보았다. 한동안 잊어버렸던 향기 가운데서는 몸이 배배 꼬일 것 같은 체취가 전해 나왔다. 나는 아내의 이름을 속으로만 한 번 불러 보았다. "연심이-" 하고……. 오래간만에 돋보기 장난도 하였다. 거울 장난도 하였다. 창에 든 볕이 여간 따뜻한 것이 아니었다. 생각하면 오월이 아니냐.

나는 커다랗게 기지개를 한 번 켜보고 아내 베개를 내려 베고 벌떡 자빠져서는 이렇게도 편안하고 즐거운 세월을 하느님께 흠씬 자랑하여 주고 싶었다. 나는 참 세상의 아무것과도 교섭을 가지지 않는다. 하느님도 아마 나를 칭찬할 수도 처벌할 수도 없는 것 같다.

그러나 다음 순간 실로 세상에도 이상스러운 것이 눈에 띄었다. 그것은 최면약 아달린갑이었다.

나는 그것을 아내의 화장대 밑에서 발견하고 그것이 흡사 아스피린처럼 생겼다고 느꼈다. 나는 그 것을 열어 보았다. 꼭 네 개가 비었다.

나는 오늘 아침에 네 개의 아스피린을 먹은 것을 기억하고 있었다. 나는 잤다. 어제도 그제도 그 끄제도……나는 졸려서 견딜 수가 없었다. 나는 감기가 다 나았는데도…… 아내는 내게 아스피린을 주었다. 내가 잠이 든 동안에 이웃에 불이 난 일이 있다. 그때에도 나는 자느라고 몰랐다. 이렇게 나는 잤다. 나는 아스피린으로 알고 그럼 한 달 동안을 두고 아달린을 먹어온 것이다. 이것은 좀 너무 심하다.

별안간 아뜩하더니 하마터면 나는 까무러칠 뻔하였다. 나는 그 아달린을 주머니에 넣고 집을 나섰다. 그리고 산을 찾아 올라갔다.

인간 세상의 아무것도 보기가 싫었던 것이다. 걸으면서 나는 아무쪼록 아내에 관계되는 일은 일체 생각하지 않도록 노력하였다. 길에서 까무러치기 쉬우니까. 나는 어디라도 양지가 바른 자리를 하나 골라 자리를 잡아 가지고 서서히 아내에 관하여서 연구할 작정이었다. 나는 길가의 돌 장판, 구경도 못한 진개나리꽃, 종달새, 돌멩이도 새끼를 까는 이야기, 이런 것만 생각하였다. 다행히 길가에서 나는 졸도하지 않았다.

거기는 벤치가 있었다. 나는 거기 정좌하고 그리고 그 아스피린과 아달린에 관하여 연구하였다. 그러나 머리가 도무지 혼란하여 생각이 체계를 이루지 않는다. 단 오 분이 못가서 나는 그만 귀찮은 생각이 번쩍 들면서 심술이 났다. 나는 주머니에서 가지고 온 아달린을 꺼내 남은 여섯 개를 한꺼번에 질겅질겅 씹어 먹어버렸다. 맛이 익살맞다. 그러고 나서 나는 그 벤치 위에 가로 기다랗게 누웠다. 무슨 생각으로 내가 그따위 짓을 했나, 알 수가 없다. 그저 그러고 싶었다. 나는 게서 그냥 깊이 잠이 들었다. 잠결에도 바위틈으로 흐르는 물소리가 졸졸 하고 언제까지나 귀에 어렴풋이 들려 왔다.

내가 잠을 깨었을 때는 날이 환히 밝은 뒤다. 나는 거기서 일주야를 잔 것이다. 풍경이 그냥 노오랗게 보인다. 그 속에서도 나는 번개처럼 아스피린과 아달린이 생각났다.

아스피린, 아달린, 아스피린, 아달린, 마르크, 말사스, 마도로스, 아스피린, 아달린…… 아내는 한 달 동안 아달린을 아스피린이라고 속이고 내게 먹였다.

그것은 아내 방에서 이 아달린 갑이 발견된 것으로 미루어 증거가 너무나 확실하다.

무슨 목적으로 아내는 나를 밤이나 낮이나 재웠어야 됐나? 나를 밤이나 낮이나 재워 놓고, 그리고 아내는 내가 자는 동안에 무슨 짓을 했나? 나를 조금씩 조금씩 죽이려던 것일까? 그러나 또 생각하여 보면 내가 한 달을 두고 먹어 온 것이 아스피린이었는지도 모른다. 아내는 무슨 근심 되는 일이 있어서 밤이면 잠이 잘 오지 않아서 정작 아내가 아달린을 사용한 것이나 아닌지? 그렇다면 나는 참 미안하다. 나는 아내에게 이렇게 큰 의혹을 가졌다는 것이 참 안됐다.

나는 그래서 부리나케 거기서 내려왔다. 아랫도리가 홰홰 내어 저이면서 어찔어찔한 것을 나는 겨우 집을 향하여 걸었다. 여덟 시 가까이였다.

나는 내 잘못된 생각을 죄다 일러바치고 아내에게 사죄하려는 것이다. 나는 너무 급해서 그만 또 말을 잊어버렸다. 그랬더니 이건 참 큰일 났다. 나는 내 눈으로 절대로 보아서 안 될 것을 그만 딱 보아 버리고 만 것이다.

나는 얼떨결에 그만 냉큼 미닫이를 닫고 그리고 현기증이 나는 것을 진정시키느라고 잠깐 고개를 숙이고 눈을 감고 기둥을 짚고 섰자니까, 일 초 여유도 없이 홱 미닫이가 다시 열리더니 매무새를 풀어헤친 아내가 불쑥 내밀면서 내 멱살을 잡는 것이다. 나는 그만 어지러워서 게가 나둥그러졌다.

그랬더니 아내는 넘어진 내 위에 덮치면서 내 살을 함부로 물어뜯는 것이다. 아파 죽겠다. 나는 사실 반항할 의사도 힘도 없어서 그냥 넙적 엎드려 있으면서 어떻게 되나 보고 있자니까, 뒤이어 남자가 나오는 것 같더니 아내를 한아름에 덥석 안아 가지고 방으로 들어가는 것이다. 아내는 아무 말 없이 다소곳이 그렇게 안겨 들어가는 것이 내 눈에 여간 미운 것이 아니다. 밉다.

아내는 너 밤새워 가면서 도둑질하러 다니느냐, 계집질하러 다니느냐고 발악이다. 이것은 참 너무 억울하다. 나는 어안이 벙벙하여 도무지 입이 떨어지지를 않았다. 너는 그야말로 나를 살해하려던 것이 아니냐고 소리를 한 번 꽥 질러보고도 싶었으나, 그런 긴가민가한 소리를 섣불리 입 밖에 내었다가는 무슨 화를 볼는지 알 수 없다. 차라리 억울하지만 잠자코 있는 것이 우선 상책인 듯시피 생각이 들길래, 나는 이것은 또 무슨 생각으로 그랬는지 모르지만 툭툭 떨고 일어나서 내 바지 포켓 속에 남은 돈 몇 원 몇십 전을 가만히 꺼내서는 몰래 미닫이를 열고 살며시 문지방 밑에다 놓고 나서는, 나는 그냥 줄달음박질을 쳐서 나와 버렸다.

여러 번 자동차에 치일 뻔 하면서 나는 그래도 경성역으로 찾아갔다. 빈자리와 마주 앉아서 이 쓰디쓴 입맛을 거두기 위하여 무엇으로나 입가심을 하고 싶었다.

커피! 좋다. 그러나 경성역 홀에 한 걸음 들여 놓았을 때 나는 내 주머니에는 돈이 한 푼도 없는 것을 그것을 깜박 잊었던 것을 깨달았다. 또 아뜩하였다. 나는 어디선가 그저 맥없이 머뭇머뭇하면서 어쩔 줄을 모를 뿐이었다. 얼빠진 사람처럼 그저 이리갔다 저리갔다 하면서…….

나는 어디로 어디로 들입다 쏘다녔는지 하나도 모른다. 다만 몇 시간 후에 내가 미쓰꼬시 옥상에 있는 것을 깨달았을 때는 거의 대낮이었다.

나는 거기 아무데나 주저앉아서 내 자라 온 스물여섯 해를 회고하여 보았다. 몽롱한 기억 속에서는 이렇다는 아무 제목도 불거져 나오지 않았다.

나는 또 내 자신에게 물어 보았다. 너는 인생에 무슨 욕심이 있느냐고, 그러나 있다고도 없다고도 그런 대답은 하기가 싫었다. 나는 거의 나 자신의 존재를 인식하기조차도 어려웠다.

허리를 굽혀서 나는 그저 금붕어를 들여다보고 있었다. 금붕어는 참 잘들도 생겼다. 작은놈은 작은놈대로 큰놈은 큰놈대로 다 싱싱하니 보기 좋았다. 내려비치는 오월 햇살에 금붕어들은 그릇 바탕에 그림자를 내려뜨렸다. 지느러미는 하늘하늘 손수건을 흔드는 흉내를 낸다. 나는 이 지느러미 수효를 헤어 보기도 하면서 굽힌 허리를 좀처럼 펴지 않았다. 등이 따뜻하다.

나는 또 오탁의 거리를 내려다보았다. 거기서는 피곤한 생활이 똑 금붕어 지느러미처럼 흐늑흐늑 허우적거렸다. 눈에 보이지 않는 끈적끈적한 줄에 엉켜서 헤어나지들을 못한다. 나는 피로와 공복 때문에 무너져 들어가는 몸뚱이를 끌고 그 오탁의 거리 속으로 섞여 가지 않는 수도 없다 생각하였다.

나서서 나는 또 문득 생각하여 보았다. 이 발길이 지금 어디로 향하여 가는 것인가를…… 그때 내 눈앞에는 아내의 모가지가 벼락처럼 내려 떨어졌다. 아스피린과 아달린.

우리들은 서로 오해하고 있느니라. 설마 아내가 아스피린 대신에 아달린의 정량을 나에게 먹여왔을까? 나는 그것을 믿을 수는 없다. 아내가 대체 그럴 까닭이 없을 것이니, 그러면 나는 날밤을 새면서 도둑질을 계집질을 하였나? 정말이지 아니다.

우리 부부는 숙명적으로 발이 맞지 않는 절름발이인 것이다. 내나 아내나 제 거동에 로직을 붙일 필요는 없다. 변해할 필요도 없다. 사실은 사실대로 오해는 오해대로 그저 끝없이 발을 절뚝거리면서 세상을 걸어가면 되는 것이다. 그렇지 않을까?

그러나 나는 이 발길이 아내에게로 돌아가야 옳은가 이것만은 분간하기가 좀 어려웠다. 가야하나? 그럼 어디로 가나?

이때 뚜우 하고 정오 사이렌이 울었다. 사람들은 모두 네 활개를 펴고 닭처럼 푸드덕거리는 것 같고 온갖 유리와 강철과 대리석과 지폐와 잉크가 부글부글 끓고 수선을 떨고 하는 것 같은 찰나! 그야말로 현란을 극한 정오다.

나는 불현듯 겨드랑이가 가렵다. 아하, 그것은 내 인공의 날개가 돋았던 자국이다. 오늘은 없는 이 날개. 머릿속에서는 희망과 야심이 말소된 페이지가 딕셔너리 넘어가듯 번뜩였다.

나는 걷던 걸음을 멈추고 그리고 일어나 한 번 이렇게 외쳐 보고 싶었다.

날개야 다시 돋아라.

날자. 날자. 한 번만 더 날자꾸나.

한 번만 더 날아 보자꾸나.

봄봄

봄봄

1

"장인님! 인젠 저……."

내가 이렇게 뒤통수를 긁고, 나이가 찼으니 성례를 시켜 줘야 하지 않겠느냐고 하면 대답이 늘,

"이 자식아! 성례구 뭐구 미처 자라야지!"

하고 만다.

이 자라야 한다는 것은 내가 아니라 장차 내 아내가 될 점순이의 키 말이다.

내가 여기에 와서 돈 한 푼 받지 않고 일하기를 삼년 하고 꼬박이 일곱 달 동안을 했다. 그런데도 미처 못 자랐다니까 이 키는 언제야 자라는 겐지 짜장 영문 모른다. 일을 좀 더 잘해야 한다든지 혹은 밥을 (많이 먹는다고 노상 걱정이니까) 좀 덜 먹어야 한다든지 하면 나도 얼마든지 할 말이 많다. 하지만 점순이가 아직 어리니까 더 자라야 한다는 여기에는 어째 볼 수 없이 그만 벙벙하고 만다.

1

짜장 : 참. 과연

2

이래서 나는 애최 계약이 잘못된 걸 알았다. 이태면 이태, 삼 년이면 삼 년, 기한을 딱 작정하고 일을 했어야 했다. 덮어놓고 딸이 자라는 대로 성례를 시켜주마, 했으니 누가 늘 지키고 섰는 것도 아니고 그 키가 언제 자라는지 알 수 있는가. 그리고 난 사람의 키가 무럭무럭 자라는 줄만 알았지 붙박이 키에 모로만 벌어지는 몸도 있는 것을 누가 알았으랴. 때가 되면 장인님이 어련하랴 싶어서 군소리 없이 꾸벅꾸벅 일만 해왔다. 그럼 말이다, 장인님이 제가 다 알아차려서,

"어 참 너 일 많이 했다. 고만 장가들어라."

하고 살림도 내주고 해야 나도 좋을 것이 아니냐. 시치미를 딱 떼고 도리어 그런 소리가 나올까봐서 지레 펄펄 뛰고 이 야단이다. 명색이 좋아 데릴사위지 일하기에 싱겁기도 할 뿐더러 이건 참 아무것도 아니다.

숙맥이 그걸 모르고 점순이의 키 자라기만 까맣게 기다리지 않았나.

언젠가는 하도 갑갑해서 자를 가지고 덤벼들어서 그 키를 한번 재볼까 했다마는, 우리는 장인님이 내외를 해야 한다고 해서 마주 서 이야기도 한마디 하는 법 없다. 우물길에서 언제나 마주칠 적이면 겨우 눈어림으로 재보고 하는 것인데 그럴 적마다 나는 저만큼 가서,

"제-미 키두!"

하고 논둑에다 침을 퉤, 뱉는다. 아무리 잘 봐야 내 겨드랑(다른 사람보다 좀 크긴 하지만) 밑에서 넘을락 말락 밤낮 요 모양이다. 개돼지는 푹푹 크는데 왜 이리도 사람은 안 크는지, 한동안 머리가 아프도록 궁리도 해보았다.

2

애쵀 : '애초에'의 준말

3

아하, 물동이를 자꾸 이니까 뼈다귀가 움츠러드나보다, 하고 내가 넌지시 물을 대신 길어도 주었다. 뿐만 아니라 나무를 하러 가면 서낭당에 돌을 올려놓고,

"점순이의 키 좀 크게 해줍소사. 그러면 담엔 떡 갖다놓고 고사드립죠니까."

하고 치성도 한두 번 드린 것이 아니다. 어떻게 돼먹은 킨지 이래도 막무가내니…… 그래 내 어저께 싸운 것이지 결코 장인님이 밉다든가 해서가 아니다.

모를 붓다가 가만히 생각을 해보니까 또 싱겁다. 이 벼가 자라서 점순이가 먹고 좀 큰다면 모르지만 그렇지도 못한 걸 내 심어서 뭘 하는 거냐. 해마다 앞으로 축 불거지는 장인님의 아랫배(가 너무 먹은 걸 모르고 냇병이라나, 그 배)를 불리기 위하여 심는 일은 조금도 하고 싶지 않다.

"아이구 배야!"

난 물 붓다 말고 배를 쓰다듬으면서 그대로 논둑으로 기어올랐다. 그리고 겨드랑에 꼈던 벼 담긴 키를 그냥 땅바닥에 털썩, 떨어치며 나도 털썩 주저앉았다. 일이 암만 바빠도 나 배 아프면 고만이니까. 아픈 사람이 누가 일을 하느냐. 파릇파릇 돋아 오른 풀 한 숲을 뜯어 들고 다리의 거머리를 쓱쓱 문대며 장인님의 얼굴을 쳐다보았다.

가운데서 장인님이 이상한 눈을 해가지고 한참을 날 노려보더니,

"너 이 자식, 왜 또 이래 응?"

"배가 좀 아파서유!"

하고 풀 위에 슬며시 쓰러지니까 장인님은 약이 올랐다. 저도 논에서 철벙철벙 둑으로 올라오더니 잡은 참 내 멱살을 움켜잡고 빰을 치는 것이 아닌가.

3

치성 : 있는 정성을 다함

냇병 : 내병. 몸 안의 병

키 : 곡식 따위를 까불러 쭉정이나 티끌을 골라내는 기구. 앞은 넓고 평평하게, 뒤는 좁고 우긋하게 고리버들 같은 것으로 결어 만듦.

4

"이 자식아, 일허다 말면 누굴 망해 놀 속셈이냐, 이 대가릴 까놀 자식?"

우리 장인님은 약이 오르면 이렇게 손버릇이 아주 못됐다. 또 사위에게 이자식 저자식 하는 이놈의 장인님은 어디 있느냐. 오죽해야 우리 동리에서 누굴 물론하고 그에게 욕을 안 먹는 사람은 명이 없을 정도다. 조그만 아이들까지도 그를 두고 욕필이(본 이름이봉필이니까), 욕필이, 하고 손가락질을 할 만치 두루 인심을 잃었다. 하나 인심을 정말 잃었다면 욕보다 읍의 배참봉 댁 마름으로 더 잃었다. 번이 마름이란 욕 잘 하고 사람 잘 치고 그리고 생김 생기길 호박개 같아야 쓰는 거지만 장인님은 외양에 똑 됐다. 장인께 닭 마리나 좀 보내지 않는다든가 애벌논 때 품을 좀 안 준다든가 하면 그해 가을에는 영락없이 땅이 뚝뚝 떨어진다. 그러면 미리부터 돈도 먹고 술도 먹이고 안달재신으로 돌아치던 놈이 그 땅을 슬쩍 돌아앉는다. 이 바람에 장인님 집 외양간에는 눈깔 커다란 황소 한 놈이 절로 엉금엉금 기어들고, 동리 사람들은 그 욕을 다 먹어 가면서도 그래도 굽신굽신하는 게 아닌가- 그러나 내겐 장인님이 감히 큰소리할 계제가 못 된다. 뒷생각은 못 하고 뺨 한 개를 딱 때려 놓고는 장인님은 무색해서 덤덤히 쓴 침만 삼킨다. 난 그 속을 퍽 잘 안다. 조금 있으면 갈도 꺾어야하고 모도 내야하고, 한창 바쁜 때인데 나 일 안 하고 우리 집으로 그냥 가면 고만이니까. 작년 이맘때도 트집을 좀 하니까 늦잠 잔다고 돌멩이를 집어던져서 자는 놈의 발목을 삐게 해놨다. 사날씩이나 건숭 끙, 끙, 앓았더니 종당에는 거반 울상이 되지 않았는가.

4

안달재신 : 속을 몹시 태우며 이리저리 돌아다니는 사람

5

"얘, 그만 일어나 일 좀 해라. 그래야 올 갈에 벼 잘 되면 너 장가들지 않니."

그래 귀가 번쩍 띄어서 그날로 일어나서 남이 이틀 품 들일 논을 혼자 삶아 놓으니까 장인님도 눈깔이 커다랗게 놀랐다. 그럼 정말로 가을에 와서 혼인을 시켜 줘야 원 경우가 옳지 않겠나. 볏섬을 척척 들여쌓아도 다른 소리는 없고 물동이를 이고 들어오는 점순이를 담배통으로 가리키며,

"이 자식아 미처 커야지. 조걸 무슨 혼인을 한다고 그러니 원!"

하고 남 낯짝만 붉게 해주고 고만이다. 골김에 그저 이놈의 장인님, 하고 댓돌에다 메꽂고 우리 고향으로 내뺄까 하다가 꾹꾹 참고 말았다.

참말이지 난 이 꼴 하고는 집으로 차마 못 간다. 장가를 들러 갔다가 오죽 못났어야 그대로 쫓겨 왔느냐고 손가락질을 받을 테니까…….

논둑에서 벌떡 일어나 한풀 죽은 장인님 앞으로 다가서며,

"난 갈 테야유, 그 동안 사경 쳐내슈."

"너 사위로 왔지 어디 머슴 살러 왔니?"

"그러면 얼찐 성례를 해줘야 안 하지유. 밤낮 부려만 먹구 해준다 해준다……."

"글쎄 내가 안 하는 거냐? 그년이 안 크니까……."

하고 어름어름 담배만 담으면서 늘 하는 소리를 또 늘어놓는다.

이렇게 따져 나가면 언제든지 늘 나만 밑지고 만다. 이번엔 안 된다 하고 대뜸 구장님한테로 판단 가자고 소맷자락을 내끌었다.

5

6

"아 이 자식아, 왜 이래 어른을."

안 간다고 뻗디디고 이렇게 호령은 제 맘대로 하지만 장인님 제가 내 기운은 못 당한다. 막 부려먹고 딸은 안 주고 게다 땅땅 치는 건 다 뭐야…….

그러나 내 사실 참 장인님이 미워서 그런 것은 아니다.

그 전날 왜 내가 새고개 맞은 봉우리 화전밭을 혼자 갈고 있지 않았느냐. 밭 가생이로 돌 적마다 야릇한 꽃내가 물컥물컥 코를 찌르고 머리 위에서 벌들은 가끔 붕, 붕, 소리를 친다. 바위틈에서 샘물 소리밖에 안 들리는 산골짜기니까 맑은 하늘의 봄볕은 이불 속같이 따스하고 꼭 꿈꾸는 것 같다. 나는 몸이 나른하고(몸살을 아직 모르지만) 병이 나려고 그러는지 가슴이 울렁울렁하고 이랬다.

"이러이! 말이! 맘 마 마……."

이렇게 노래를 하며 소를 부리면 여느 때 같으면 어깨가 으쓱으쓱하지만, 이날은 웬일인지 밭 반도 갈지 않아서 온몸의 맥이 풀리고 짜증만 난다. 공연히 소만 들입다 두들기며,

"안야! 안야! 이 망할 자식의 소(장인님의 소니까) 대리를 꺾어 줄라."

그러나 내 속은 정말 안야 때문이 아니라 점심을 이고 온 점순이의 키를 보고 울화가 났던 것이다.

6

7

점순이는 뭐 그리 썩 예쁜 계집애는 못 된다. 그렇다구 개떡이냐 하면 그런 것도 아니고, 꼭 내 아내가 돼야 할 만치 그저 툽툽하게 생긴 얼굴이다. 나보다 십 년이 아래니까 올해 열여섯인데 몸은 남보다 두 살이나 덜 자랐다. 남은 잘도 훤칠히들 크건만 이건 위아래가 뭉툭한 것이 내 눈에는 헐없이 감참외 같다. 참외 중에는 감참외가 제일 맛 좋고 예쁘니까 말이다. 둥글고 커다란 눈은 서글서글하니 좋고 좀 지쳐 찢어졌지만 입은 밥술이나 톡톡히 먹음직하니 좋다. 아따 밥만 많이 먹게 되면 팔자는 고만 아니냐. 한데 한 가지 파가 있다면 가끔가다 몸이(장인님은 이걸 채신이 없이 들까분다고 하지만) 너무 빨리빨리 논다. 그래서 밥을 나르다가 때 없이 풀밭에서 깻박을 쳐서 흙투성이 밥을 곧잘 먹인다. 안 먹으면 무안해할까 봐서 이걸 씹고 앉았노라면 으적으적 소리만 나고 돌을 먹는 겐지 밥을 먹는겐지…….

7

깻박치다 : 떨어뜨려서 속에 있던 것을 흩어지게 하다

8

그러나 이 날은 웬일인지 성한 밥 채로 밭머리에 곱게 내려놓았다. 그리고 또 내외를 해야 하니까 저만큼 떨어져 이쪽으로 등을 향하고 웅크리고 앉아서 그릇 나기를 기다린다. 내가 다 먹고 물러섰을 때 그릇을 와서 챙기는데, 그런데 난 깜짝 놀라지 않았느냐. 고개를 푹 숙이고 밥함지에 그릇을 포개면서 날더러 들으라는지 혹은 제 소린지,

"밤낮 일만 하다 말 텐가!"

하고 혼자 쫑알거린다. 고대 잘 내외하다가 이게 무슨 소린가, 하고 난 정신이 얼떨떨했다.

그러면서도 한편 무슨 좋은 수가 있는가 싶어서 나도 공중에 대고 혼자말로,

"그럼 어떡해?"

하니까,

"성례시켜 달라지 뭘 어떡해……."

하고 되알지게 쏘아붙이고 얼굴이 발개져서 산으로 그저 도망질을 친다.

8

9

나는 잠시 동안 어떻게 되는 셈판인지 맥을 몰라서 그 뒷모양만 덤덤히 바라보았다.

봄이 되면 온갖 초목이 물이 오르고 싹이 트고 한다. 사람도 아마 그런가 보다, 하고 며칠 내에 부쩍(속으로) 자란 듯싶은 점순이가 여간 반가운 것이 아니다.

이런 걸 멀쩡하게 안직 어리다구 하니까…….

우리가 구장님을 찾아갔을 때 그는 싸리문 밖에 있는 돼지우리에서 죽을 퍼주고 있었다. 서울엘 좀 갔다 오더니 사람은 점잖아야 한다고 웃쉼이(얼른 보면 지붕 위에 앉은 제비꼬랑지 같다) 양쪽으로 뾰족이 뻗치고 그걸 에헴, 하고 늘 쓰다듬는 손버릇이 있다. 우리를 멀뚱히 쳐다보고 미리 알아챘는지,

"왜 일들 허다 말구 그래?"

하더니 손을 올려서 그 에헴을 한번 후딱 했다.

"구장님! 우리 장인님과 츰에 계약하기를……."

먼저 덤비는 장인님을 뒤로 떠다밀고 내가 허둥지둥 달려들다가 가만히 생각하고,

"아니 우리 빙장님과 츰에."

하고 첫 번부터 다시 말을 고쳤다. 장인님은 '빙장님' 해야 좋아하고, 밖에 나와서 '장인님' 하면 괜스레 골을 내려 든다. 뱀두 뱀이래야 좋으냐구 창피스러우니 남 듣는 데는 제발 빙장님, 빙모님, 하라구 일상 당조짐을 받아 오면서 난 그것도 자꾸 잊는다. 당장도 장인님 하다 옆에서 내 발등을 꾹 밟고 곁눈질을 흘기는 바람에야 겨우 알았지만…….

9

옷쉼 : 입술 위쪽에 난 수염

10

구장님도 내 이야기를 자세히 듣더니 퍽 딱한 모양이었다. 하기야 구장님뿐만 아니라 누구든지 다 그럴 게다. 길게 길러둔 새끼손톱으로 코를 후벼서 저리 탁 튀기며,

"그럼 봉필 씨! 얼른 성례를 시켜 주구려, 그렇게까지 제가 하구 싶다는 걸……."

하고 내 짐작대로 말했다. 그러나 이 말에 장인님은 삿대질로 눈을 부라리고,

"아 성례구 뭐구 계집애년이 미처 자라야 할 게 아닌가?"

하니까 고만 멀쑤룩해서 입맛만 쩍쩍 다실뿐이 아닌가.

"그것두 그래!"

"그래, 거진 사 년 동안에도 안 자랐다니 그 킨 은제 자라지유? 다 그만두구 사경 내슈……."

"글쎄, 이 자식아! 내가 크질 말라구 그랬니, 왜 날 보구 떼냐?"

"빙모님은 참새만한 것이 그럼 어떻게 앨 낳지유?(사실 장모님은 점순이보다도 귀때기 하나가 작다.)"

장인님은 이 말을 듣고 껄껄 웃더니(그러나 암만해두 돌 씹은 상이다) 코를 푸는 척하고 날 은근히 곯리려고 팔꿈치로 옆 갈비께를 퍽 치는 것이다. 더럽다. 나도 종아리의 파리를 쫓는 척하고 허리를 구부리며 그 궁둥이를 콱 떼밀었다. 장인님은 앞으로 우찔근하고 싸리문께로 쓰러질 듯하다 몸을 바로 고치더니 눈총을 몹시 쏘았다. 이런 상년의 자식! 하곤 싶으나 남의 앞이라서 차마 못 하고 섰는 그 꼴이 보기에 퍽 쟁그라웠다.

10

11

그러나 이 밖에는 별반 신통한 귀정을 얻지 못하고 도로 논으로 돌아와서 모를 부었다. 왜냐면 장인님이 뭐라고 귓속말로 수군수군하고 간 뒤다. 구장님이 날 위해서 조용히 데리고 아래와 같이 일러 주었기 때문이다. (뭉태의 말은 구장님이 장인님에게 땅 두 마지기 얻어부치니까 그래 꾀었다고 하지만 난 그렇게 생각 않는다.)

"자네 말두 하기야 옳지, 암 나이 찼으니까 아들이 급하다는 게 잘못된 말은 아니야. 허지만 농사가 한창 바쁜 때 일을 안 한다든가 집으로 달아난다든가 하면 손해죄루 그것두 징역을 가거든! (여기에 그만 정신이 번쩍 났다.) 왜 요전에 삼포말서 산에 불 좀 놓았다구 징역 간 거 못 봤나? 제 산에 불을 놓아도 징역을 가는 이땐데 남의 농사를 버려 주니 죄가 얼마나 더 중한가. 그리고 자넨 정장을 (사경 받으러 정장 가겠다 했다) 간대지만 그러면 괜시리 죄를 들쓰고 들어가는 걸세. 또 결혼두 그렇지, 법률에 성년이란 게 있는데 스물하나가 돼야 비로소 결혼을 할 수 있는 걸세. 자넨 물론 아들이 늦을 걸 염려하지만 점순이루 말하면 이제 겨우 열여섯이 아닌가. 그렇지만 아까 빙장님의 말씀이 올 갈에는 열일을 제치고라두 성례를 시켜 주겠다 하니 좀 고마울 겐가. 빨리 가서 모 붓던 거나 마저 붓게, 군소리 말구 어서 가."

그래서 오늘 아침까지 끽소리 없이 왔다.

11

12

장인님과 내가 싸운 것은 지금 생각하면 뜻밖의 일이라 안 할 수 없다. 장인님으로 말하면 요즈막 작인들에게 행세를 좀 하고 싶다고 해서 '돈 있으면 양반이지 별게 있느냐!' 하고 일부러 아랫배를 툭 내밀고 걸음도 뒤틀리게 걷고 하는 이 판이다. 이까짓 나쯤 두들기다 남의 땅을 가지고 모처럼 닦아 놓았던 가문을 망친다든지 할 어른이 아니다. 또 나로 논지면 아무쪼록 잘 뵈서 점순이에게 얼른 장가를 들어야 하지 않느냐.

이렇게 말하자면 결국 어젯밤 뭉태네 집에 마슬 간 것이 썩 나빴다. 낮에 구장님 앞에서 장인님과 내가 싸운 것을 어떻게 알았는지 대고 빈정거리는 것이 아닌가.

"그래 맞구두 그걸 가만둬?"

"그럼 어떡하니?"

"임마 봉필일 모판에다 거꾸루 박아 놓지 뭘 어떡해?"

하고 괜히 내 대신 화를 내가지고 주먹질을 하다 등잔까지 쳤다. 놈이 본시 괄괄은 하지만 그래 놓고 날더러 석윳값을 물라고 막 지다위를 붙는다. 난 어안이 벙벙해서 잠자코 앉았으니까 저만 연방 지껄이는 소리가,

"밤낮 일만 해주구 있을 테냐? …… 영득이는 일 년을 살구도 장갈 들었는데 난 사 년이나 살구두 더 살아야 해. …… 네가 세 번째 사윈 줄이나 아니? 세 번째 사위. …… 남의 일이라두 분하다 이 자식아, 우물에 가 빠져 죽어."

나중에는 겨우 손톱으로 목을 따라고까지 하고 제 아들같이 함부로 흑닥이었다. 별의별 소리를 다 해서 그대로 옮길 수는 없으나 그 줄거리는 이렇다.

12

지다위 : 남에게 등을 대고 기대거나 떼를 쓰는 짓

훅닥이다 : 잔소리나 까다로운 요구를 하며 귀찮게 대들다

13

우리 장인님이 딸이 셋이 있는데 맏딸은 재작년 가을에 시집을 갔다. 정말은 시집을 간 것이 아니라 그 딸도 데릴사위를 해가지고 있다가 내보냈다. 그런데 딸이 열 살 때부터 열아홉, 즉 십년 동안에 데릴사위를 갈아들이기를, 동리에선 사위부자라고 이름이 났지마는 열 놈이란 참 너무 많다. 장인님이 아들은 없고 딸만 있는 고로 그 담 딸을 데릴사위를 해올 때까지는 부려먹지 않으면 안 된다. 물론 머슴을 두면 좋지만 그건 돈이 드니까, 일 잘하는 놈을 고르느라고 연방 바꿔 들였다. 또 한편 놈들이 욕만 줄창 퍼붓고 심히도 부려먹으니까 밸이 상해서 달아나기도 했겠지. 점순이는 둘째딸인데 내가 일테면 그 세 번째 데릴사위로 들어온 셈이다. 내 담으로 네 번째 놈이 들어올 것을 내가 일도 참 잘하고 그리고 사람이 좀 어수룩하니까 장인님이 잔뜩 붙들고 놓질 않는다. 셋째딸이 인제 여섯 살, 적어두 열 살은 돼야 데릴사위를 할 테므로 그 동안은 죽도록 부려먹어야 된다. 그러니 인제는 속 좀 차리고 장가를 들여 달라구 떼를 쓰고 나자빠져라, 이것이다.

나는 건성으로 엉, 엉, 하며 귓등으로 들었다. 뭉태는 땅을 얻어 부치다가 떨어진 뒤로는 장인님만 보면 공연히 못 먹어서 으릉거린다. 그것도 장인님이 저 달라고 할 적에 제 집에서 위한다는 그 감투(예전에 원님이 쓰던 것이라나, 옆구리에 뽕뽕 좀먹은 걸레)를 선뜻 주었더라면 그럴 리도 없었던 걸…….

그러나 나는 뭉태란 놈의 말을 전수이 곧이듣지 않았다. 꼭 곧이들었다면 간밤에 와서 장인님과 싸웠지 무사히 있었을 리가 없지 않은가. 그러면 딸에게까지 인심을 잃은 장인님이 혼자 나빴다.

13

14

실토이지 나는 점순이가 아침상을 가지고 나올 때까지는 오늘은 또 얼마나 밥을 담았나, 하고 이것만 생각했다. 상에는 된장찌개하고 간장 한 종지, 조밥 한 그릇, 그리고 밥보다 더 수부룩하게 담은 산나물이 한 대접, 이렇다. 나물은 점순이가 틈틈이 해오니까 두 대접이고 네 대접이고 멋대로 먹어도 좋으나 밥은 장인님이 한 사발 외엔 더 주지 말라고 해서 안 된다. 그런데 점순이가 그 상을 내 앞에 내놓으며 제 말로 지껄이는 소리가,

"구장님한테 갔다 그냥 온담 그래!"

하고 엊그제 산에서와 같이 되우 쫑알거린다. 딴은 내가 더 단단히 덤비지 않고 만 것이 좀 어리석었다, 속으로 그랬다. 나도 저쪽 벽을 향하여 외면하면서 내 말로,

"안 된다는 걸 그럼 어떡헌담!"

하니까,

"수염을 잡아채지 그냥 둬, 이 바보야!"

하고 또 얼굴이 빨개지면서 성을 내며 안으로 샐쭉하니 튀어들어 가지 않느냐. 이때 아무도 본 사람이 없었게 망정이지 보았다면 내 얼굴이 어미 잃은 황새 새끼처럼 가엾다, 했을 것이다.

사실 이때만큼 슬펐던 일이 또 있었는지 모른다. 다른 사람은 암만 못생겼다 해도 괜찮지만 내 아내 될 점순이가 병신으로 본다면 참 신세는 따분하다. 밥을 먹은 뒤 지게를 지고 일터로 가려 하다 도로 벗어 던지고 바깥마당 공석 위에 드러누워서 나는 차라리 죽느니만 같지 못하다 생각했다.

14

샐쭉하다 : 감정이 섞여 한쪽으로 배뚤게 움직이다

15

내가 일 안 하면 장인님 저는 나이가 먹어 못 하고 결국 농사 못 짓고 만다. 뒷짐으로 트림을 꿀꺽, 하고 대문 밖으로 나오다 날 보고서,

"이 자식아! 너 왜 또 이러니?"

"관격이 났어유, 아이구 배야!"

"기껀 밥 처먹고 나서 무슨 관격이야, 남의 농사 버려 주면 이 자식아 징역 간다 봐라!"

"가두 좋아유, 아이구 배야!"

참말 난 일 안 해서 징역 가도 좋다 생각했다. 일후 아들을 낳아도 그 앞에서 바보 바보 이렇게 별명을 들을 테니까 오늘은 열 쪽이 난대도 결정을 내고 싶었다.

15

관격 : 먹은 음식이 갑자기 체하여 가슴이 막혀 토하지도 못하고 대소변도 못 보는 위급한 병.

16

장인님이 일어나라고 해도 내가 안 일어나니까 눈에 독이 올라서 저편으로 힝 하게 가더니 지게막대기를 들고 왔다. 그리고 그걸로 내 허리를 마치 들떠 넘기듯이 쿡 찍어서 넘기고 넘기고 했다. 밥을 잔뜩 먹고 딱딱한 배가 그럴 적마다 퉁겨지면서 밸창이 꼿꼿한 것이 여간 켕기지 않았다. 그래도 안 일어나니까 이번엔 배를 지게막대기로 위에서 쿡쿡 찌르고 발길로 옆구리를 차고 했다. 장인님은 원체 심청이 궂어서 그렇지만 나도 저만 못하지 않게 배를 채었다. 아픈 것을 눈을 꽉 감고 넌 해라 난 재미난 듯이 있었으나 볼기짝을 후려갈길 적에는 나도 모르는 결에 벌떡 일어나서 그 수염을 잡아챘다마는 내 골이 난 것이 아니라 정말은 아까부터 부엌 뒤 울타리 구멍으로 점순이가 우리들의 꼴을 몰래 엿보고 있었기 때문이다. 가뜩이나 말 한마디 톡톡히 못 한다고 바보라는데 매까지 잠자코 맞는 걸 보면 짜장 바보로 알 게 아닌가. 또 점순이도 미워하는 이까짓 놈의 장인님 나하곤 아무것도안 되니까 막 때려도 좋지만 사정 보아서 수염만 채고(제 원대로 했으니까 이때 점순이는 퍽 기뻤겠지) 저기까지 잘 들리도록,

"이걸 까셀라 부다!"

하고 소리를 쳤다.

16

밸창 : 창자

17

장인님은 더 약이 바짝 올라서 잡은 참 지게막대기로 내 어깨를 그냥 내리갈겼다. 정신이 다 아찔하다. 다시 고개를 들었을 때 그때엔 나도 온몸에 약이 올랐다. 이 녀석의 장인님을, 하고 눈에서 불이 펵 나서 그 아래 밭 있는 넝 아래로 그대로 떠밀어 굴려 버렸다. 조금 있다가 장인님이 씩, 씩, 하고 한번 해보려고 기어오르는 걸 얼른 또 떠밀어 굴려 버렸다.

기어오르면 굴리고, 굴리면 기어오르고, 이러길 한 너덧 번을 하며 그럴 적마다,

"부려만 먹구 왜 성례 안 하지유!"

나는 이렇게 호령했다. 하지만 장인님이 선뜻, 오냐 낼이라두 성례시켜 주마, 했으면 나도 성가신 걸 그만두었을지 모른다. 나야 이러면 때린 건 아니니까 나중에 장인 쳤다는 누명도 안 들을 터이고 얼마든지 해도 좋다.

한번은 장인님이 헐떡헐떡 기어서 올라오더니 내 바짓가랑이를 요렇게 노리고서 단박 움켜잡고 매달렸다. 악, 소리를 치고 나는 그만 세상이 다 팽그르 도는 것이,

"빙장님! 빙장님! 빙장님!"

"이 자식! 잡아먹어라. 잡아먹어!"

"아! 아! 할아버지! 살려 줍쇼, 할아버지!"

하고 두 팔을 허둥지둥 내저을 적에는 이마에 진땀이 쭉 내솟고 인젠 참으로 죽나 보다, 했다. 그래도 장인님은 놓질 않더니 내가 기어이 땅바닥에 쓰러져서 거진 까무러치게 되니까 놓는다. 더럽다 더럽다. 이게 장인님인가, 나는 한참을 못 일어나고 쩔쩔맸다. 그러다, 얼굴을 드니(눈에 참 아무것도 보이지 않았다) 사지가 부르르 떨리면서 나도 엉금엉금 기어가 장인님의 바짓가랑이를 꽉 움키고 잡아나꿨다.

17

넝 : 가운데가 솟아서 불룩하게 언덕이 진 곳. 둔덕.

18

내가 머리가 터지도록 매를 얻어맞은 것이 이 때문이다. 그러나 여기가 또한 우리 장인님이 유달리 착한 곳이다. 여느 사람이면 사경을 주어서라도 당장 내쫓았지 터진 머리를 볼 솜으로 손수 지져 주고, 호주머니에 희연 한 봉을 넣어 주시고 그리고,

"올 갈엔 꼭 성례를 시켜 주마. 암말 말구 가서 뒷골의 콩밭이나 얼른 갈아라."

하고 등을 뚜덕여 줄 사람이 누구냐.

나는 장인님이 너무나 고마워서 어느덧 눈물까지 났다. 점순이를 남기고 이젠 내쫓기려니, 하다 뜻밖의 말을 듣고,

"빙장님! 인제 다시는 안 그러겠어유."

이렇게 맹세를 하며 부랴사랴 지게를 지고 일터로 갔다.

그러나 이때는 그걸 모르고 장인님을 원수로만 여겨서 잔뜩 잡아당겼다.

"아! 아! 이놈아! 놔라, 놔."

장인님은 헛손질을 하며 솔개미에 챈 닭의 소리를 연해 질렀다. 놓긴 왜, 이왕이면 호되게 혼을 내주리라, 생각하고 짓궂이 더 댕겼다마는 장인님이 땅에 쓰러져서 눈에 눈물이 피잉 도는 것을 알고 좀 겁도 났다.

"할아버지! 놔라, 놔, 놔, 놔놔."

그래도 안 되니까,

"얘 점순아! 점순아!"

이 악장에 안에 있었던 장모님과 점순이가 헐레벌떡하고 단숨에 뛰어나왔다.

18

19

나의 생각에 장모님은 제 남편이니까 역성을 할는지도 모른다. 그러나 점순이는 내 편을 들어서 속으로 고소해서 하겠지- 대체 이게 웬 속인지(지금까지도 난 영문을 모른다) 아버질 혼내 주기는 제가 내래 놓고 이제 와서는 달려들며,

"에그머니! 이 망할 게 아버지 죽이네!"

하고 내 귀를 뒤로 잡아당기며 마냥 우는 것이 아니냐. 그만 여기에 기운이 탁 꺾이어 나는 얼빠진 등신이 되고 말았다. 장모님도 덤벼들어 한쪽 귀마저 뒤로 잡아채면서 또 우는 것이다.

이렇게 꼼짝도 못하게 해놓고 장인님은 지게막대기를 들어서 사뭇 내려조졌다. 그러나 나는 구태여 피하려하지도 않고 암만해도 그 속 알 수 없는 점순이의 얼굴만 멀거니 들여다보았다.

"이 자식! 장인 입에서 할아버지 소리가 나오도록 해?"

19

〈봄 봄〉 필사를 위한 몇 가지 도움말

하나,

이 작품을 선택하게 된 것은, 경기도 화성의 안용중학교 학생들과의 특별한 인연 때문이기도 하다. 배우들이 육성으로 〈봄 봄〉의 일부를 낭독해 주는 프로그램이었는데, 시종일관 똘망똘망한 눈빛으로 공연을 관람하는 학생들이 특히 인상적이었다. 교과서에 실린 대부분의 작품들은 그처럼 웃음타이밍(?)에서도 때로는 한없이 독자들을 진지하게 만드는 것 같다. 그렇기에, 이 작품에서 번뜩이고 있는 놀라운 유머들을 더욱더 학생들에게 소개해주고 싶었다.

둘,

김유정은 1908년 강원도 춘천에서 출생하였고, 1935년 '소낙비'가 조선일보 신춘문예에, '노다지'가 중외일보에 각각 당선되면서 작품활동을 시작하였다. 1937년 29세의 나이로 요절하기까지 단 2년간 문학사에 길이 남는 대표작품들을 쏟아냈다.

셋,

김유정은, 각별한 사이였던 이상과 함께 구인회 동인이었다. 구인회는, 1933년 조직된 문학 친목단체로, 경향주의 계급주의 문학에 반발하여 순수문학을 확립했다는 평가를 받는다. 모더니즘의 역사를 이야기할 때도 빼놓을 수 없는 단체가 바로 구인회다. 이효석, 이태준, 김기림, 정지용, 박태원, 이상, 김유정 등이 활동했다.

넷,

〈봄 봄〉은 1935년 〈조광〉에 발표된 작품으로, 김유정 문학세계의 특징인 해학 내지는 해학적 인간인식이 가장 구체화되어 있다. 제목에서 '봄'의 반복은 만물이 소생하는 봄을 뜻하는 것이 아니라, 안타까운 기다림 또는 그 기대의 시간적인 표상어다.

다섯,

장인님은 이 말을 듣고 껄껄 웃더니 코를 푸는 척하고 날 은근히 곯리려고 팔꿈치로 옆 갈비께를 퍽 치는 것이다. 더럽다. 나도 종아리의 파리를 쫓는 척하고 허리를 구부리며 그 궁둥이를 콱 떼밀었다.

여섯,

"이걸 까셀라 부다!"

봄 봄(원문)

"장인님! 인젠 저……."

내가 이렇게 뒤통수를 긁고, 나이가 찼으니 성례를 시켜 줘야 하지 않겠느냐고 하면 대답이 늘,

"이 자식아! 성례구 뭐구 미처 자라야지!"

하고 만다.

이 자라야 한다는 것은 내가 아니라 장차 내 아내가 될 점순이의 키 말이다.

내가 여기에 와서 돈 한푼 안 받고 일하기를 삼 년 하고 꼬박이 일곱 달 동안을 했다. 그런데도 미처 못 자랐다니까 이 키는 언제야 자라는 겐지 짜장 영문 모른다. 일을 좀더 잘해야 한다든지 혹은 밥을 (많이 먹는다고 노상 걱정이니까) 좀 덜 먹어야 한다든지 하면 나도 얼마든지 할 말이 많다. 하지만 점순이가 아직 어리니까 더 자라야 한다는 여기에는 어째 볼 수 없이 그만 벙벙하고 만다.

이래서 나는 애최 계약이 잘못된 걸 알았다. 이태면 이태, 삼 년이면 삼 년, 기한을 딱 작정하고 일을 했어야 원 할 것이다. 덮어놓고 딸이 자라는 대로 성례를 시켜 주마, 했으니 누가 늘 지키고 섰는 것도 아니고 그 키가 언제 자라는지 알 수 있는가. 그리고 난 사람의 키가 무럭무럭 자라는 줄만 알았지 붙박이 키에 모로만 벌어지는 몸도 있는 것을 누가 알았으랴. 때가 되면 장인님이 어련하랴 싶어서 군소리 없이 꾸벅꾸벅 일만 해왔다. 그럼 말이다, 장인님이 제가 다 알아차려서,

"어 참 너 일 많이 했다. 고만 장가들어라."

하고 살림도 내주고 해야 나도 좋을 것이 아니냐. 시치미를 딱 떼고 도리어 그런 소리가 나올까 봐서 지레 펄펄 뛰고 이 야단이다. 명색이 좋아 데릴사위지 일하기에 싱겁기도 할 뿐더러 이건 참 아무것도 아니다.

숙맥이 그걸 모르고 점순이의 키 자라기만 까맣게 기다리지 않았나.

언젠가는 하도 갑갑해서 자를 가지고 덤벼들어서 그 키를 한번 재 볼까 했다마는, 우리는 장인님이 내외를 해야 한다고 해서 마주 서 이야기도 한마디 하는 법 없다. 우물길에서 언제나 마주칠 적이면 겨우 눈어림으로 재보고 하는 것인데 그럴 적마다 나는 저만큼 가서,

"제-미 키두!"

하고 논둑에다 침을 퉤, 뱉는다. 아무리 잘 봐야 내 겨드랑(다른 사람보다 좀 크긴 하지만) 밑에서 넘을락말락 밤낮 요 모양이다. 개돼지는 푹푹 크는데 왜 이리도 사람은 안 크는지, 한동안 머리가 아프도록 궁리도 해보았다. 아하, 물동이를 자꾸 이니까 뼈다귀가 움츠러드나 보다, 하고 내가 넌짓넌짓이 그 물을 대신 길어도 주었다. 뿐만 아니라 나무를 하러 가면 서낭당에 돌을 올려놓고,

"점순이의 키 좀 크게 해줍소사. 그러면 담엔 떡 갖다 놓고 고사드립죠니까."

하고 치성도 한두 번 드린 것이 아니다. 어떻게 돼먹은 킨지 이래도 막무가내니…… 그래 내 어저께 싸운 것이지 결코 장인님이 밉다든가 해서가 아니다.

모를 붓다가 가만히 생각을 해보니까 또 싱겁다. 이 벼가 자라서 점순이가 먹고 좀 큰다면 모르지만 그렇지도 못한 걸 내 심어서 뭘 하는 거냐. 해마다 앞으로 축 불거지는 장인님의 아랫배(가 너무 먹은 걸 모르고 냇병이라나, 그 배)를 불리기 위하여 심곤 조금도 싶지 않다.

"아이구 배야!"

난 물 붓다 말고 배를 쓰다듬으면서 그대로 논둑으로 기어올랐다. 그리고 겨드랑에 꼈던 벼 담긴 키를 그냥 땅바닥에 털썩, 떨어치며 나도 털썩 주저앉았다.

일이 암만 바빠도 나 배 아프면 고만이니까. 아픈 사람이 누가 일을 하느냐. 파릇파릇 돋아 오른 풀 한 숲을 뜯어 들고 다리의 거머리를 쓱쓱 문대며 장인님의 얼굴을 쳐다보았다.

가운데서 장인님이 이상한 눈을 해가지고 한참을 날 노려보더니,

"너 이 자식, 왜 또 이래 응?"

"배가 좀 아파서유!"

하고 풀 위에 슬며시 쓰러지니까 장인님은 약이 올랐다. 저도 논에서 철벙철벙 둑으로 올라오더니 잡은 참 내 멱살을 움켜잡고 뺨을 치는 것이 아닌가.

"이 자식아, 일허다 말면 누굴 망해 놀 속셈이냐, 이 대가릴 까놀 자식?"

우리 장인님은 약이 오르면 이렇게 손버릇이 아주 못됐다. 또 사위에게 이자식 저자식 하는 이놈의 장인님은 어디 있느냐. 오죽해야 우리 동리에서 누굴 물론하고 그에게 욕을 안먹는 사람은 명이 짜르다 한다. 조그만 아이들까지도 그를 돌아세 놓고 욕필이(본 이름이봉필이니까), 욕필이, 하고 손가락질을 할 만치 두루 인심을 잃었다. 하나 인심을 정말 잃었다면 욕보다 읍의 배참봉 댁 마름으로 더 잃었다. 번이 마름이란 욕 잘 하고 사람 잘 치고 그리고 생김 생기길 호박개 같아야 쓰는 거지만 장인님은 외양에 똑 됐다. 장인께 닭 마리나 좀 보내지 않는다든가 애벌논 때 품을 좀 안 준다든가 하면 그해 가을에는 영락없이 땅이 뚝뚝 떨어진다. 그러면 미리부터 돈도 먹고 술도 먹이고 안달재신으로 돌아치던 놈이 그 땅을 슬쩍 돌아앉는다. 이 바람에 장인님 집 외양간에는 눈깔 커다란 황소 한 놈이 절로 엉금엉금 기어들고, 동리 사람들은 그 욕을 다 먹어 가면서도 그래도 굽신굽신하는 게 아닌가- 그러나 내겐 장인님이 감히 큰소리할 계제가 못 된다. 뒷생각은 못 하고 뺨 한 개를 딱 때려 놓고는 장인님은 무색해서 덤덤히 쓴 침만 삼킨다. 난 그 속을 퍽 잘 안다. 조금 있으면 갈도 꺾어야 하고 모도 내야 하고, 한창 바쁜 때인데 나 일 안 하고 우리집으로 그냥 가면 고만이니

까. 작년 이맘때도 트집을 좀 하니까 늦잠 잔다고 돌멩이를 집어던져서 자는 놈의 발목을 삐게 해놨다. 사날씩이나 건숭 끙, 끙, 앓았더니 종당에는 거반 울상이 되지 않았는가.

"얘, 그만 일어나 일 좀 해라. 그래야 올 갈에 벼 잘 되면 너 장가들지 않니."

그래 귀가 번쩍 띄어서 그날로 일어나서 남이 이틀 품 들일 논을 혼자 삶아 놓으니까 장인님도 눈깔이 커다랗게 놀랐다. 그럼 정말로 가을에 와서 혼인을 시켜 줘야 원 경우가 옳지 않겠나. 볏섬을 척척 들여 쌓아도 다른 소리는 없고 물동이를 이고 들어오는 점순이를 담배통으로 가리키며,

"이 자식아 미처 커야지. 조걸 무슨 혼인을 한다고 그러니 원!"

하고 남 낯짝만 붉게 해주고 고만이다. 골김에 그저 이놈의 장인님, 하고 댓돌에다 메꽂고 우리 고향으로 내뺄까 하다가 꾹꾹 참고 말았다.

참말이지 난 이 꼴 하고는 집으로 차마 못 간다. 장가를 들러 갔다가 오죽 못났어야 그대로 쫓겨 왔느냐고 손가락질을 받을 테니까…….

논둑에서 벌떡 일어나 한풀 죽은 장인님 앞으로 다가서며,

"난 갈 테야유, 그 동안 사경 쳐내슈."

"너 사위로 왔지 어디 머슴 살러 왔니?"

"그러면 얼찐 성례를 해줘야 안 하지유. 밤낮 부려만 먹구 해준다 해준다……."

"글쎄 내가 안 하는 거냐? 그년이 안 크니까……."

하고 어름어름 담배만 담으면서 늘 하는 소리를 또 늘어놓는다.

이렇게 따져 나가면 언제든지 늘 나만 밑지고 만다. 이번엔 안 된다 하고 대뜸 구장님한테로 판단 가자고 소맷자락을 내끌었다.

"아 이 자식아, 왜 이래 어른을."

안 간다고 뻗디디고 이렇게 호령은 제 맘대로 하지만 장인님 제가 내 기운은

못 당한다. 막 부려먹고 딸은 안 주고 게다 땅땅 치는 건 다 뭐야…….

그러나 내 사실 참 장인님이 미워서 그런 것은 아니다.

그 전날 왜 내가 새고개 맞은 봉우리 화전밭을 혼자 갈고 있지 않았느냐. 밭 가생이로 돌 적마다 야릇한 꽃내가 물컥물컥 코를 찌르고 머리 위에서 벌들은 가끔 붕, 붕, 소리를 친다. 바위 틈에서 샘물 소리밖에 안 들리는 산골짜기니까 맑은 하늘의 봄볕은 이불 속같이 따스하고 꼭 꿈꾸는 것 같다. 나는 몸이 나른하고(몸살을 아직 모르지만) 병이 나려고 그러는지 가슴이 울렁울렁하고 이랬다.

"이러이! 말이! 맘 마 마……."

이렇게 노래를 하며 소를 부리면 여느 때 같으면 어깨가 으쓱으쓱한다. 웬일인지 밭 반도 갈지 않아서 온몸의 맥이 풀리고 대고 짜증만 난다. 공연히 소만 들입다 두들기며,

"안야! 안야! 이 망할자식의 소(장인님의 소니까) 대리를 꺾어 줄라."

그러나 내 속은 정말 안야 때문이 아니라 점심을 이고 온 점순이의 키를 보고 울화가 났던 것이다.

점순이는 뭐 그리 썩 예쁜 계집애는 못 된다. 그렇다구 개떡이냐 하면 그런 것도 아니고, 꼭 내 아내가 돼야 할 만치 그저 툽툽하게 생긴 얼굴이다. 나보다 십 년이 아래니까 올해 열여섯인데 몸은 남보다 두 살이나 덜 자랐다. 남은 잘도 휜칠히들 크건만 이건 위아래가 몽톡한 것이 내 눈에는 헐없이 감참외 같다. 참외 중에는 감참외가 제일 맛 좋고 예쁘니까 말이다. 둥글고 커단 눈은 서글서글하니 좋고 좀 지쳐 찢어졌지만 입은 밥술이나 톡톡히 먹음직하니 좋다. 아따 밥만 많이 먹게 되면 팔자는 고만 아니냐. 한데 한 가지 파가 있다면 가끔가다 몸이(장인님은 이걸 채신이 없이 들까분다고 하지만) 너무 빨리빨리 논다. 그래서 밥을 나르다가 때없이 풀밭에서 깻박을 쳐서 흙투성이 밥을 곧잘 먹인다. 안 먹으면 무안해할까 봐서 이걸 씹고 앉았노라면 으적으적 소리만 나고 돌을 먹는

겐지 밥을 먹는겐지…….

그러나 이날은 웬일인지 성한 밥채로 밭머리에 곱게 내려놓았다. 그리고 또 내외를 해야 하니까 저만큼 떨어져 이쪽으로 등을 향하고 웅크리고 앉아서 그릇 나기를 기다린다. 내가 다 먹고 물러섰을 때 그릇을 와서 챙기는데, 그런데 난 깜짝 놀라지 않았느냐. 고개를 푹 숙이고 밥함지에 그릇을 포개면서 날더러 들으라는지 혹은 제 소린지,

"밤낮 일만 하다 말 텐가!"

하고 혼자 쫑알거린다. 고대 잘 내외하다가 이게 무슨 소린가, 하고 난 정신이 얼떨떨했다.

그러면서도 한편 무슨 좋은 수가 있는가 싶어서 나도 공중을 대고 혼자말로,

"그럼 어떡해?"

하니까,

"성례시켜 달라지 뭘 어떡해……."

하고 되알지게 쏘아붙이고 얼굴이 발개져서 산으로 그저 도망질을 친다.

나는 잠시 동안 어떻게 되는 셈판인지 맥을 몰라서 그 뒷모양만 덤덤히 바라보았다.

봄이 되면 온갖 초목이 물이 오르고 싹이 트고 한다. 사람도 아마 그런가 보다, 하고 며칠 내에 부쩍(속으로) 자란 듯싶은 점순이가 여간 반가운 것이 아니다.

이런 걸 멀쩡하게 안직 어리다구 하니까…….

우리가 구장님을 찾아갔을 때 그는 싸리문 밖에 있는 돼지우리에서 죽을 퍼주고 있었다. 서울엘 좀 갔다 오더니 사람은 점잖아야 한다고 웃쉼이(얼른 보면 지붕 위에 앉은 제비 꼬랑지 같다) 양쪽으로 뾰족이 뻗치고 그걸 에헴, 하고 늘 쓰다듬는 손버릇이 있다. 우리를 멀뚱히 쳐다보고 미리 알아챘는지,

"왜 일들 허다 말구 그래?" 하더니 손을 올려서 그 에헴을 한번 후딱 했다.

"구장님! 우리 장인님과 츰에 계약하기를……."

먼저 덤비는 장인님을 뒤로 떠다밀고 내가 허둥지둥 달려들다가 가만히 생각하고,

"아니 우리 빙장님과 츰에."

하고 첫번부터 다시 말을 고쳤다. 장인님은 빙장님 해야 좋아하고 밖에 나와서 장인님 하면 괜스레 골을 내려 든다. 뱀두 뱀이래야 좋으냐구 창피스러우니 남 듣는 데는 제발 빙장님, 빙모님, 하라구 일상 당조짐을 받아 오면서 난 그것도 자꾸 잊는다. 당장도 장인님 하다 옆에서 내 발등을 꾹 밟고 곁눈질을 흘기는 바람에야 겨우 알았지만…….

구장님도 내 이야기를 자세히 듣더니 퍽 딱한 모양이었다. 하기야 구장님뿐만 아니라 누구든지 다 그럴 게다. 길게 길러 둔 새끼손톱으로 코를 후벼서 저리 탁 튀기며,

"그럼 봉필 씨! 얼른 성례를 시켜 주구려, 그렇게까지 제가 하구 싶다는 걸……."

하고 내 짐작대로 말했다. 그러나 이 말에 장인님은 삿대질로 눈을 부라리고,

"아 성례구 뭐구 계집애년이 미처 자라야 할 게 아닌가?"

하니까 고만 멀쑤룩해서 입맛만 쩍쩍 다실 뿐이 아닌가.

"그것두 그래!"

"그래, 거진 사 년 동안에도 안 자랐다니 그 킨 은제 자라지유? 다 그만두구 사경 내슈……."

"글쎄, 이 자식아! 내가 크질 말라구 그랬니, 왜 날 보구 떼냐?"

"빙모님은 참새만한 것이 그럼 어떻게 앨 낳지유?(사실 장모님은 점순이보다도 귀때기 하나가 작다.)"

장인님은 이 말을 듣고 껄껄 웃더니(그러나 암만해두 돌 씹은 상이다) 코를

푸는 척하고 날 은근히 꿇리려고 팔꿈치로 옆 갈비께를 퍽 치는 것이다. 더럽다. 나도 종아리의 파리를 쫓는 척하고 허리를 구부리며 그 궁둥이를 콱 떼밀었다. 장인님은 앞으로 우찔근하고 싸리문께로 쓰러질 듯하다 몸을 바로 고치더니 눈총을 몹시 쏘았다. 이런 상년의 자식! 하곤 싶으나 남의 앞이라서 차마 못 하고 섰는 그 꼴이 보기에 퍽 쟁그라웠다.

그러나 이 밖에는 별반 신통한 귀정을 얻지 못하고 도로 논으로 돌아와서 모를 부었다. 왜냐면 장인님이 뭐라고 귓속말로 수군수군하고 간 뒤다. 구장님이 날 위해서 조용히 데리고 아래와 같이 일러 주었기 때문이다. (뭉태의 말은 구장님이 장인님에게 땅 두 마지기 얻어부치니까 그래 꾀었다고 하지만 난 그렇게 생각 않는다.)

"자네 말두 하기야 옳지, 암 나이찼으니까 아들이 급하다는 게 잘못된 말은 아니야. 허지만 농사가 한창 바쁜 때 일을 안 한다든가 집으로 달아난다든가 하면 손해죄루 그것두 징역을 가거든! (여기에 그만 정신이 번쩍 났다.) 왜 요전에 삼포말서 산에 불 좀 놓았다구 징역 간 거 못 봤나? 제 산에 불을 놓아도 징역을 가는 이땐데 남의 농사를 버려 주니 죄가 얼마나 더 중한가. 그리고 자넨 정장을 (사경 받으러 정장 가겠다 했다) 간대지만 그러면 괜시리 죄를 들쓰고 들어가는 걸세. 또 결혼두 그렇지, 법률에 성년이란 게 있는데 스물하나가 돼야 비로소 결혼을 할 수 있는 걸세. 자넨 물론 아들이 늦을 걸 염려하지만 점순이루 말하면 이제 겨우 열여섯이 아닌가. 그렇지만 아까 빙장님의 말씀이 올 갈에는 열일을 제치고라두 성례를 시켜 주겠다 하니 좀 고마울 겐가. 빨리 가서 모 붓던 거나 마저 붓게, 군소리 말구 어서 가."

그래서 오늘 아침까지 끽소리 없이 왔다.

장인님과 내가 싸운 것은 지금 생각하면 뜻밖의 일이라 안 할 수 없다. 장인님으로 말하면 요즈막 작인들에게 행세를 좀 하고 싶다고 해서 '돈 있으면 양반이지 별게 있느냐!' 하고 일부러 아랫배를 툭 내밀고 걸음도 뒤틀리게 걷고 하는 이 판이다. 이까짓 나쯤 두들기다 남의 땅을 가지고 모처럼 닦아 놓았던 가문을 망친다든지 할 어른이 아니다. 또 나로 논지면 아무쪼록 잘 봬서 점순이에게 얼른 장가를 들어야 하지 않느냐.

이렇게 말하자면 결국 어젯밤 뭉태네 집에 마슬 간 것이 썩 나빴다. 낮에 구장님 앞에서 장인님과 내가 싸운 것을 어떻게 알았는지 대고 빈정거리는 것이 아닌가.

"그래 맞구두 그걸 가만둬?"

"그럼 어떡하니?"

"임마 봉필일 모판에다 거꾸루 박아 놓지 뭘 어떡해?"

하고 괜히 내 대신 화를 내가지고 주먹질을 하다 등잔까지 쳤다. 놈이 본시 괄괄은 하지만 그래 놓고 날더러 석윳값을 물라고 막 지다위를 붙는다. 난 어안이 벙벙해서 잠자코 앉았으니까 저만 연방 지껄이는 소리가,

"밤낮 일만 해주구 있을 테냐?"

"영득이는 일 년을 살구도 장갈 들었는데 난 사 년이나 살구두 더 살아야 해."

"네가 세 번째 사윈 줄이나 아니? 세 번째 사위."

"남의 일이라두 분하다 이 자식아, 우물에 가 빠져 죽어."

나중에는 겨우 손톱으로 목을 따라고까지 하고 제 아들같이 함부로 훅닥이었다. 별의별 소리를 다 해서 그대로 옮길 수는 없으나 그 줄거리는 이렇다.

우리 장인님이 딸이 셋이 있는데 맏딸은 재작년 가을에 시집을 갔다. 정말은 시집을 간 것이 아니라 그 딸도 데릴사위를 해가지고 있다가 내보냈다. 그런데 딸이 열살 때부터 열아홉, 즉 십 년 동안에 데릴사위를 갈아 들이기를, 동리에선 사위 부자라고 이름이 났지마는 열 놈이란 참 너무 많다. 장인님이 아들은 없고 딸만 있는 고로 그 담 딸을 데릴사위를 해올 때까지는 부려먹지 않으면 안 된다. 물론 머슴을 두면 좋지만 그건 돈이 드니까, 일 잘하는 놈을 고르느라고 연방 바

꿔 들였다. 또 한편 놈들이 욕만 줄창 퍼붓고 심히도 부려먹으니까 뱀이 상해서 달아나기도 했겠지. 점순이는 둘째딸인데 내가 일테면 그 세 번째 데릴사위로 들어온 셈이다. 내 담으로 네 번째 놈이 들어올 것을 내가 일도 참 잘하고 그리고 사람이 좀 어수룩하니까 장인님이 잔뜩 붙들고 놓질 않는다. 셋째딸이 인제 여섯 살, 적어두 열 살은 돼야 데릴사위를 할 테므로 그 동안은 죽도록 부려먹어야 된다. 그러니 인제는 속 좀 차리고 장가를 들여 달라구 떼를 쓰고 나자빠져라, 이것이다.

나는 건성으로 엉, 엉, 하며 귓등으로 들었다. 뭉태는 땅을 얻어 부치다가 떨어진 뒤로는 장인님만 보면 공연히 못 먹어서 으릉거린다. 그것도 장인님이 저 달라고 할 적에 제 집에서 위한다는 그 감투(예전에 원님이 쓰던 것이라나, 옆구리에 뽕뽕 좀먹은 걸레)를 선뜻 주었더라면 그럴 리도 없었던 걸…….

그러나 나는 뭉태란 놈의 말을 전수이 곧이듣지 않았다. 꼭 곧이들었다면 간밤에 와서 장인님과 싸웠지 무사히 있었을 리가 없지 않은가. 그러면 딸에게까지 인심을 잃은 장인님이 혼자 나빴다.

실토이지 나는 점순이가 아침상을 가지고 나올 때까지는 오늘은 또 얼마나 밥을 담았나, 하고 이것만 생각했다. 상에는 된장찌개하고 간장 한 종지, 조밥 한 그릇, 그리고 밥보다 더 수부룩하게 담은 산나물이 한 대접, 이렇다. 나물은 점순이가 틈틈이 해오니까 두 대접이고 네 대접이고 멋대로 먹어도 좋으나 밥은 장인님이 한 사발 외엔 더 주지 말라고 해서 안 된다. 그런데 점순이가 그 상을 내 앞에 내놓으며 제 말로 지껄이는 소리가,

"구장님한테 갔다 그냥 온담 그래!"

하고 엊그제 산에서와 같이 되우 쫑알거린다. 딴은 내가 더 단단히 덤비지 않고 만 것이 좀 어리석었다, 속으로 그랬다. 나도 저쪽 벽을 향하여 외면하면서 내 말로,

"안 된다는 걸 그럼 어떡헌담!"

하니까,

"쇰을 잡아 채지 그냥 둬, 이 바보야!"

하고 또 얼굴이 빨개지면서 성을 내며 안으로 샐죽하니 튀들어 가지 않느냐. 이때 아무도 본 사람이 없었게망정이지 보았다면 내 얼굴이 어미 잃은 황새새끼처럼 가엾다, 했을 것이다.

사실 이때만큼 슬펐던 일이 또 있었는지 모른다. 다른 사람은 암만 못생겼다 해도 괜찮지만 내 아내 될 점순이가 병신으로 본다면 참 신세는 따분하다. 밥을 먹은 뒤 지게를 지고 일터로 가려 하다 도로 벗어 던지고 바깥 마당 공석 위에 드러누워서 나는 차라리 죽느니만 같지 못하다 생각했다.

내가 일 안 하면 장인님 저는 나이가 먹어 못 하고 결국 농사 못 짓고 만다. 뒷짐으로 트림을 꿀꺽, 하고 대문 밖으로 나오다 날 보고서,

"이 자식아! 너 왜 또 이러니?"

"관격이 났어유, 아이구 배야!"

"기껀 밥 처먹고 나서 무슨 관격이야, 남의 농사 버려 주면 이 자식아 징역 간다 봐라!"

"가두 좋아유, 아이구 배야!"

참말 난 일 안 해서 징역 가도 좋다 생각했다. 일후 아들을 낳아도 그 앞에서 바보 바보 이렇게 별명을 들을 테니까 오늘은 열 쪽이 난대도 결정을 내고 싶었다.

장인님이 일어나라고 해도 내가 안 일어나니까 눈에 독이 올라서 저편으로 힝하게 가더니 지게 막대기를 들고 왔다. 그리고 그걸로 내 허리를 마치 들떠 넘기듯이 쿡 찍어서 넘기고 넘기고 했다. 밥을 잔뜩 먹고 딱딱한 배가 그럴 적마다 퉁겨지면서 밸창이 꼿꼿한 것이 여간 켕기지 않았다. 그래도 안 일어나니까 이번엔 배를 지게 막대기로 위에서 쿡쿡 찌르고 발길로 옆구리를 차고 했다. 장인

님은 원체 심청이 궂어서 그렇지만 나도 저만 못하지 않게 배를 채었다. 아픈 것을 눈을 꽉 감고 넌 해라 난 재미단 듯이 있었으나 볼기짝을 후려갈길 적에는 나도 모르는 결에 벌떡 일어나서 그 수염을 잡아챘다마는 내 골이 난 것이 아니라 정말은 아까부터 부엌 뒤 울타리 구멍으로 점순이가 우리들의 꼴을 몰래 엿보고 있었기 때문이다. 가뜩이나 말 한마디 톡톡히 못 한다고 바보라는데 매까지 잠자코 맞는 걸 보면 짜장 바보로 알 게 아닌가. 또 점순이도 미워하는 이까짓 놈의 장인님 나하곤 아무것도안 되니까 막 때려도 좋지만 사정 보아서 수염만 채고(제 원대로 했으니까 이때 점순이는 퍽 기뻤겠지) 저기까지 잘 들리도록,

"이걸 까셀라 부다!"

하고 소리를 쳤다.

장인님은 더 약이 바짝 올라서 잡은 참 지게 막대기로 내 어깨를 그냥 내리갈겼다. 정신이다 아찔하다. 다시 고개를 들었을 때 그때엔 나도 온몸에 약이 올랐다. 이 녀석의 장인님을, 하고 눈에서 불이 퍽 나서 그 아래 밭 있는 넝 알로 그대로 떠밀어 굴려 버렸다. 조금 있다가 장인님이 씩, 씩, 하고 한번 해보려고 기어오르는 걸 얼른 또 떠밀어 굴려 버렸다.

기어오르면 굴리고, 굴리면 기어오르고, 이러길 한 너덧 번을 하며 그럴 적마다,

"부려만 먹구 왜 성례 안 하지유!"

나는 이렇게 호령했다. 하지만 장인님이 선뜻, 오냐 낼이라두 성례시켜 주마, 했으면 나도 성가신 걸 그만두었을지 모른다. 나야 이러면 때린 건 아니니까 나중에 장인 쳤다는 누명도 안 들을 터이고 얼마든지 해도 좋다.

한번은 장인님이 헐떡헐떡 기어서 올라오더니 내 바짓가랑이를 요렇게 노리고서 단박 움켜잡고 매달렸다. 악, 소리를 치고 나는 그만 세상이 다 팽그르 도는 것이,

"빙장님! 빙장님! 빙장님!"

"이 자식! 잡아먹어라. 잡아먹어!"

"아! 아! 할아버지! 살려 줍쇼, 할아버지!"

하고 두 팔을 허둥지둥 내절 적에는 이마에 진땀이 쭉 내솟고 인젠 참으로 죽나 보다, 했다. 그래도 장인님은 놓질 않더니 내가 기어이 땅바닥에 쓰러져서 거진 까무러치게 되니까 놓는다. 더럽다 더럽다. 이게 장인님인가, 나는 한참을 못 일어나고 쩔맸다. 그러다, 얼굴을 드니(눈에 참 아무것도 보이지 않았다) 사지가 부르르 떨리면서 나도 엉금엉금 기어가 장인님의 바짓가랑이를 꽉 움키고 잡아나꿨다.

내가 머리가 터지도록 매를 얻어맞은 것이 이 때문이다. 그러나 여기가 또한 우리 장인님이 유달리 착한 곳이다. 여느 사람이면 사경을 주어서라도 당장 내쫓았지 터진 머리를 볼 솜으로 손수 지져 주고, 호주머니에 희연 한 봉을 넣어 주시고 그리고,

"올 갈엔 꼭 성례를 시켜 주마. 암말 말구 가서 뒷골의 콩밭이나 얼른 갈아라."

하고 등을 뚜덕여 줄 사람이 누구냐.

나는 장인님이 너무나 고마워서 어느덧 눈물까지 났다. 점순이를 남기고 이젠 내쫓기려니, 하다 뜻밖의 말을 듣고,

"빙장님! 인제 다시는 안 그러겠어유."

이렇게 맹세를 하며 부랴사랴 지게를 지고 일터로 갔다.

그러나 이때는 그걸 모르고 장인님을 원수로만 여겨서 잔뜩 잡아당겼다.

"아! 아! 이놈아! 놔라, 놔."

장인님은 헛손질을 하며 솔개미에 챈 닭의 소리를 연해 질렀다. 놓긴 왜, 이왕이면 호되게 혼을 내주리라, 생각하고 짓궂이 더 댕겼다마는 장인님이 땅에 쓰러져서 눈에 눈물이 피잉 도는 것을 알고 좀 겁도 났다.

"할아버지! 놔라, 놔, 놔, 놔놔."

그래도 안 되니까,

"얘 점순아! 점순아!"

이 악장에 안에 있었던 장모님과 점순이가 헐레벌떡하고 단숨에 뛰어나왔다.

나의 생각에 장모님은 제 남편이니까 역성을 할는지도 모른다. 그러나 점순이는 내 편을 들어서 속으로 고소해서 하겠지- 대체 이게 웬 속인지(지금까지도 난 영문을 모른다) 아버질 혼내 주기는 제가 내래 놓고 이제 와서는 달려들며,

"에그머니! 이 망할 게 아버지 죽이네!"

하고 내 귀를 뒤로 잡아당기며 마냥 우는 것이 아니냐. 그만 여기에 기운이 탁 꺾이어 나는 얼빠진 등신이 되고 말았다. 장모님도 덤벼들어 한쪽 귀마저 뒤로 잡아 채면서 또 우는 것이다.

이렇게 꼼짝도 못하게 해놓고 장인님은 지게 막대기를 들어서 사뭇 내려조겼다. 그러나 나는 구태여 피하려지도 않고 암만해도 그 속 알 수 없는 점순이의 얼굴만 멀거니 들여다보았다.

"이 자식! 장인 입에서 할아버지 소리가 나오도록 해?"

노트

DATE. . . .

DATE. . . .

DATE.   .   .   .

DATE. . . .

DATE. . . .

DATE. . . .

DATE. . . .

DATE. . . .

DATE. . . .

DATE. . . .

DATE. . . .

DATE. . . .

DATE.   .   .   .

DATE. . . .

DATE. . . .

DATE. . . .

DATE. . . .

DATE. . . .

DATE. . . .

DATE. . . .

DATE. . . .

DATE. . . .

- 후기 -

독자가 직접 쓰는 책의 후기

20 년 월 일

초판 1쇄 발행 2015년 1월 15일
11쇄 발행 2023년 4월 25일

나의 첫 필사노트

지은이 | 이효석, 이상, 김유정
펴낸이 | 김새봄
펴낸곳 | 새봄출판사
등록 | 2009년 2월 5일 제553-2009-00002호
주소 | 경기도 화성시 봉담읍 와우안길 109 화성유통밸리 109동 211호
편집/디자인 | 070-4641-8402 영업 | 031-294-8402 팩스 | 031-294-8401
이메일 | taejang21@hanmail.net
블로그 | http://blog.naver.com/sbvision2010

인쇄 | 새봄인쇄사
원색제판 | 예인미술
표지 디자인 및 본문 편집 | 디자인에스비
표지그림 | 장은지

ISBN 978-89-964249-0-1 03810

DATE. . . .

DATE. . . .

DATE. . . .

- 후기 -

독자가 직접 쓰는 책의 후기

20 년 월 일

초판 1쇄 발행 2015년 1월 15일
11쇄 발행 2023년 4월 25일

나의 첫 필사노트

지은이 | 이효석, 이상, 김유정
펴낸이 | 김새봄
펴낸곳 | 새봄출판사
등록 | 2009년 2월 5일 제553-2009-00002호
주소 | 경기도 화성시 봉담읍 와우안길 109 화성유통밸리 109동 211호
편집/디자인 | 070-4641-8402 영업 | 031-294-8402 팩스 | 031-294-8401
이메일 | taejang21@hanmail.net
블로그 | http://blog.naver.com/sbvision2010

인쇄 | 새봄인쇄사
원색제판 | 예인미술
표지 디자인 및 본문 편집 | 디자인에스비
표지그림 | 장은지

ISBN 978-89-964249-0-1 03810

※ 이 책의 내지로 사용된 이라이트(E-light)지는 국내 기술로 개발된 최신 종이로, 기존에 사용하던 모조지나 서적지보다 가볍고 안전하며 눈의 피로를 덜게끔 품질을 높인 최상질의 고급종이입니다.